suhrkamp taschenbuch 132

Werner Koch lebt in Rodenkirchen bei Köln. Er ist verantwortlicher Redakteur für Kultur und Geschichte im Fernsehen beim Westdeutschen Rundfunk. Wichtige Publikationen: *Sondern erlöse uns von dem Übel,* Roman; *Pilatus. Erinnerungen,* Roman; *Die Jungfrau von Orléans* und *Der Prozeß Jesu; Wechseljahre oder See-Leben II; Jenseits des Sees.* Zeitkritische Untersuchungen. Werner Koch erhielt einige Literaturpreise, darunter den Süddeutschen Erzählerpreis. Sein *Pilatus*-Roman, in acht Sprachen übersetzt, wurde 1964 in Frankreich als bester ausländischer Roman preisgekrönt. 1972 wurde ihm für *See-Leben I* der Bodensee-Literaturpreis zugesprochen.
See-Leben I ist der Versuch, ein utopisches Leben so darzustellen, als sei es die alltäglichste Realität. Es ist nicht einzusehen, meint der Autor, warum die vorgefundene Existenz unumstößlich ist. Daß Schreibtische in Büros stehen, mag rationell sein oder auch Tradition: sinnvoll ist es nicht. Warum soll ein Mensch nicht rückwärts leben? Wer den Tod hinter sich, die Geburt vor sich hat, kommt zu neuen Einsichten, die Freiheit wird zur Farce, und der uralte Konflikt zwischen dem Einzelnen und der Öffentlichkeit wird mißlich und heikel.
Der Mann, der *See-Leben I* erzählt, ist angestellt bei einer Kölner Firma. Nach seinem Urlaub weigert er sich, in die Firma zurückzukehren; er stellt sein Büro am See auf. Funktioniert das? Man wird sehen.
Wechseljahre oder See-Leben II erschien 1977 als *suhrkamp taschenbuch* Band 412, *Jenseits des Sees* gibt es als *suhrkamp taschenbuch* Band 718.
»*See-Leben* ist ein Traktat, dem eine Fabel nur als Rückgrat dient, ein Traktat über die Frage nach dem richtigen Leben.«
Reinhard Baumgart

Werner Koch
See-Leben I

Suhrkamp

suhrkamp taschenbuch 132
Erste Auflage 1973
© Verlag Günther Neske Pfullingen 1971
Alle Rechte vorbehalten durch Suhrkamp Verlag,
Frankfurt am Main, insbesondere das
des öffentlichen Vortrags, der Übertragung
durch Rundfunk und Fernsehen
sowie der Übersetzung, auch einzelner Teile.
Suhrkamp Taschenbuch Verlag
Satz: Georg Wagner, Nördlingen
Druck: Nomos Verlagsgesellschaft, Baden-Baden
Printed in Germany
Umschlag nach Entwürfen von
Willy Fleckhaus und Rolf Staudt

10 11 12 13 14 15 – 94 93 92 91 90 89

See-Leben I

SEE-LEBEN II erscheint,
wenn sich die Verhältnisse
geändert haben.

1

Der Mond ließ sich Zeit. Er war weiß und zaghaft, und als ein Fisch durch ihn hindurch sprang, zuckte der Mond zusammen. Dann beruhigte er sich und tanzte kugelrund weiter. Das war vor acht Monaten, wenn ich mich nicht irre, Ende August vielleicht, vielleicht auch Anfang September, auf jeden Fall hatte der See noch 18 Grad, und die Kühe waren nachts noch draußen, und der Fischer, dem das Boot gehörte, warf die Angel aus, stopfte sich die Pfeife, zündete sie etwas umständlich an und fragte mich, ob alles noch beim alten sei. Dann saßen wir da und ließen uns treiben.

Das Leben sei, sagte der Fischer nach einer halben Stunde oder mehr, als sich eine Wolke vor den Mond schob, den See verdunkelte und das Gesicht des Fischers unkenntlich machte, dieses Leben, meinte der Fischer, aber es fiel ihm wohl nichts mehr zu diesem Leben ein, denn er schüttelte den Kopf, zog an der Angel, nichts rührte sich, er schwieg und rauchte. Wir hörten die Nacht, den See, die Wolke vor dem Mond und drüben von den Bergen das Ding-Dong-Ding einer Kuhglocke. Die Fische beißen heute nicht an, meinte der Fischer.

Ich würde gern selber fischen, aber ich bringe es nicht fertig. Ich kann nicht töten. Ich habe Angst vor dem nassen Fisch in meiner Hand, der glitschig ist und zappelt, der mit stummem Maul schreit und mit kalten Augen wäßrig glotzt. Ich könnte ihn nicht einmal festhalten. Ich könnte ihn nur zerquetschen oder wegwerfen. Wahrscheinlich würde ich ihn wegwerfen. Aber dann finge ich ihn wieder, hätte ihn wieder in der Hand, fühlte ihn zappeln und sähe ihn glotzen, würde ihn wieder wegwerfen, finge ihn noch einmal, hätte ihn wieder in der Hand, fühlte ihn zappeln und sähe ihn glotzen, und einmal, nach ein paar Wochen oder nach einem Jahrhundert, gäbe ich

auf. Der Fisch würde meinen Trick mit der Angel durchschauen und einfach nicht mehr anbeißen. Und ich säße allein im Kahn, hörte den See und die Nacht und den Mond und die Glocke der Bergkuh, und nichts passierte mehr.
Welches Leben, fragte ich den Fischer.
Der Fischer gab keine Antwort.
Ich dachte an meine geschiedene Frau und an meine Tochter Angelika. Angelika ist jetzt 25, war zunächst mit einem Studienrat verheiratet, aber die Ehe ging schief, und nun ist sie Chefsekretärin bei Ford in Köln-Niehl, wo es ihr gutgehen soll, wie meine Frau mir schrieb, denn ich selber stehe mit meiner Tochter nicht mehr in Verbindung. Meine Frau ist seit vier Jahren mit einem Arzt verheiratet, Facharzt für Hals, Nase, Ohren.
Seit acht Tagen bin ich am See.
Der Fischer heißt Johannes Greiff, aber vom Fischen kann er natürlich nicht leben. Er geht noch zum Schindeln, hat einen kleinen Bauernhof mit mal 6, mal 7 Kühen, je nachdem, und nebenbei repariert er Zäune, Traktoren, Schlaglöcher, eigentlich alles, was man so braucht. Er würde gern mal Urlaub machen, denn er war noch nie in Italien, aber seine Frau ist dagegen; sie meint, ihm ginge es ja doch um schnelle Mädchenbekanntschaften, und im übrigen bliebe sie nicht allein zu Hause. Greiff ist 49, hat zwei Töchter, und die gehen noch zur Volksschule in Moosbach.
Der See gibt nichts her, sagte er, es hat keinen Zweck. Er zog die Angel ein, schob die Ruder ins Wasser, klopfte die Pfeife leer und ruderte zurück. Die Wellen bewegten sich, aber da die Wolke vor dem Mond war, konnte man den See nicht mehr sehen, den Mond nicht mehr, keinen Fisch und nicht einmal das Ufer. Ob er noch einen Schnaps bei mir trinken könne, fragte Greiff, denn der, Doktor, täte jetzt gut.
Ich mag es nicht, wenn die Leute vom See mich »Doktor« nennen, zumal ich nie promoviert habe. Erst sagten es die Kinder, dann die halbwüchsigen Mädchen, dann die Bauern,

und schließlich das ganze Dorf. Jahrelang habe ich mich gegen den Titel »Doktor« gewehrt, aber die Leute nennen mich trotzdem so, es ist ihnen einfach nicht auszureden, und obschon es mich immer noch ärgert, kann ich nichts dagegen tun. Als »Doktor« bleibt man Zaungast, wird zum zufälligen Genossen auf Zeit, die Leute wollen sich damit distanzieren, und ich möchte gerade, daß sie mich so nehmen, wie ich wirklich bin. Als wir in meine Hütte gingen, sagte Bauer Greiff, er wolle aber auf keinen Fall stören.
Natürlich nicht, sagte ich, wir haben jetzt einen Schnaps verdient.
In meiner Hütte war es kalt. Ich hatte vergessen, feuchtes Holz aufzulegen, aber Greiff bracht den Ofen schnell wieder zum Glühen. Es ist ein alter Ofen, Marke Haas & Sohn, doch für die paar Wochen, die ich während des Jahres am See bin, tut er es noch. Meistens komme ich ja im Sommer.
Ich schenkte ein, bot ihm eine Zigarre an, die er nur zögernd annahm und prostete ihm zu. Ja, sagte er, so ist das.
Ich weiß nicht mehr, worüber wir an jenem Abend gesprochen haben. Die Themen bleiben ja immer dieselben. Man lebt so dahin, sorgt sich um die Kinder, hat Pech im Stall oder Ärger mit dem Nachbarn, die Frau war krank, und die Kuh hat ein totes Kalb geboren, es fehlt an Geld, auch die Gesundheit läßt nach, man macht sich zu viel Sorgen und viel zu wenig Freude, der letzte Winter war lang und hart, die Zeit vergeht, der See gibt kaum noch Fische raus, man rackert sich ab und fragt sich wofür, der alte Pfarrer ist tot, der neue viel zu jung, die Pfeife schmeckt noch, Gott sei Dank, natürlich könnte es besser gehen, aber man will ja nicht klagen, am See und im Dorf ist alles beim alten geblieben, alle leben noch, alle schaffen noch, der eine hat Nachwuchs bekommen, der andere einen neuen VW, der dritte will den Hof verkaufen, aber was munkelt man nicht alles, nein, das Leben geht weiter, so ist das nun einmal, was will man machen, man schmiedet Pläne, solange man lebt, und je älter man wird, desto schneller vergeht die Zeit, das Leben

ist kurz, man muß die Dinge nehmen, wie sie sind, denn alles ist schon einmal dagewesen, obschon der Mensch irrt, solange er lebt.
Ja, sagte Greiff, so ist das, und während ich ihm noch einen Schnaps einschenkte, zündete er sich die halb aufgerauchte Zigarre wieder an.
Bauer Greiff kann nicht viel vertragen. Er hat es nicht gelernt, mit Alkohol umzugehen, er hat nie darauf trainiert; dazu hat es ihm natürlich auch an Geld gefehlt, an Zeit, an Gesprächs- und Trinkpartnern, ganz einfach an der Möglichkeit, das Leben zu genießen, und dann war da noch seine Frau, die auf ihn aufpaßte, seine Kinder, die den angetrunkenen Vater verlachen würden, seine Arbeit, die ihm ohnehin keine Zeit ließ, sein Leben überhaupt, denn eigentlich, sagte Bauer Greiff, habe er nicht viel davon gehabt, die Tage kämen, die Tage gingen, nur kommt man nicht weiter.
Immerhin sind Sie ein freier Mann, sagte ich, stopfte meine Parker-Pfeife und zündete sie an. Ich brauche immer vier, fünf Streichhölzer, bis sie richtig brennt, aber ich packe keine Zigaretten an, wenn ich am See bin. Am See ändert sich mein Lebensgefühl. Ich will in den drei Urlaubswochen all das gutmachen, was ich mir in Köln versaue: am See gehe ich spazieren, schwimme, schwitze mir den Bauch ab, will gesund bleiben und ganz, ganz lange leben. Doch wenn ich dann wieder am Schreibtisch sitze, zur Konferenz muß oder Briefe diktiere, dann vergesse ich den See, rauche Zigaretten – wenn auch mit Filter –, trinke Whisky-Soda, lasse mich mit dem Taxi zum Friseur oder zum Arzt fahren, und mir wird so egal, ob der See Fische hat, Bauer Greiff keinen Alkohol verträgt und wie lange ich lebe.
Wieso frei, sagte Greiff.
Sie können tun, was Sie wollen, und Sie können lassen, was Sie wollen, sagte ich.
Er dachte nach, Er trank, rauchte, stand auf, ging zum Ofen, setzte sich wieder und sah mich an. Er versuchte zu lachen.

Aber es gelang ihm nicht. Zigarrenasche fiel ihm auf den Rock, er klopfte sie ab, entschuldigte sich, ja, sagte er, so ist das.
Mir fiel nichts ein, was ich hätte sagen können.
Mein Vater, sagte Greiff, war Bauer. Auch mein Großvater war Bauer. Ich aber wäre gern als etwas anderes auf die Welt gekommen. Als Sohn eines Schlossers, eines Anstreichers, eines Drogisten. Aber ich bin aufgewachsen zwischen Stall und See und Dorf und Nachbarschaft. Wer hat mich dazu gezwungen? Meine Freiheit ist die, daß ich Geldsorgen habe, um 6 Uhr morgens in den Stall muß, um 7 Uhr abends wieder in den Stall muß, schindeln muß, Straßen reparieren muß, fischen muß, keinen Urlaub habe, keine Abwechslung, keinen Sohn, und wenn das Vieh versorgt ist, schlafe ich vor dem Fernseher ein, bis meine Frau mich weckt, dann gehen wir zu Bett, ich schlafe weiter, spüre meine Frau, aber sie ist müde, lustlos, schlaff, und wenn wir wirklich noch einmal wach werden, dann reden wir von den Kindern, von unseren Schulden, von vorgestern und gestern und von morgen und übermorgen, und wir reden uns fest, bis wir ganz einschlafen, und dann träumen wir, jeder für sich, aber wir haben dennoch gemeinsame Träume: Träume von viel, viel Geld, vom eigenen Sohn, vom gemeinsamen Urlaub in Italien, von drei Kühen mehr, von Heu bis unter die Decke und vom See voller Fische.
Es kratzte an der Tür. Es war die Katze. Sie kratzt immer um diese Zeit. Aber diesmal ging ich an die Tür und jagte sie fort. Seit Jahren habe ich mir den Blechdeckel einer Astor-Zigarettendose aufbewahrt, und seit Jahren kommt die Katze zwischen 10 und 11 Uhr abends, kratzt an der Tür, wartet, bis ich ihr den Deckel voll Büchsenmilch hinausstelle, schleckt ihn aus und geht wieder. Sie trinkt nur Büchsenmilch. Sie hat keinen Namen, zumindest weiß ich ihn nicht. Als ich sie an jenem Abend fortjagte, fauchte sie.
So sei das Leben, sagte Bauer Greiff, und ob es mir denn immer noch am See gefiele, es sei doch ziemlich langweilig hier,

immer dasselbe, aber ich hätte wohl meine Gründe. Allerdings sei es richtig gemütlich in meiner Hütte, das müsse man sagen. Der Ofen brennt, der Schnaps steht auf dem Tisch, der Tabakqualm vernebelt die Stehlampe, die Nacht draußen ist totenstill.
Nein, sagte ich, ich langweile mich nie am See. Ich weiß gar nicht, was Langeweile ist.
Und dann sagte er: Sie wissen doch, Doktor, daß ich mir so sehr einen Sohn wünsche. Das wissen Sie seit Jahren.
Und?
Was ich denn davon hielte.
Bauern wollen immer Söhne haben. Darin sind sie wie die Araber. Im Krieg bin ich fast drei Jahre lang in Arabien gewesen, und von den Beduinen habe ich ein paar Tricks gehört, wie man es anfängt, Söhne zu zeugen. Der Scheich von Um-el-Jemal, Suleiman Mousa, selber Vater von fünf Söhnen, vertrat die These, daß sich stets der biologisch Schwächere fortpflanze. Wolle man also von der vierten Frau einen Sohn haben, so müsse man sie auf jeden Fall schonen und mit den anderen Frauen bis zur äußersten Selbstschwächung immer wieder schlafen. Erst dann solle man die vierte Frau besteigen. Die Spermatozoen seien nunmehr geschwächt, und auf diese Art, erzählte mir Mousa, zeuge man todsicher Söhne.
Den Leuten vom See habe ich natürlich nie gesagt, daß ich in Arabien gewesen bin. Den Krieg sollte man allmählich vergessen. Aber ich erzählte Bauer Greiff, wie man es anstellen müsse, einen Sohn zu zeugen. Er sah mich an, halb skeptisch, halb ungläubig. Vielleicht meinte er auch, ich wolle ihn auf den Arm nehmen, doch schien ihm mein Vorschlag nicht ganz und gar abwegig. Also, sagte er, nun müsse er aber ins Bett, trank sein Glas leer, gab mir die Hand, nett, sagte er, sei es gewesen, und er lachte wie Leute lachen, die ein wenig viel, aber nicht zu viel getrunken haben. Es wird doch schon kalt draußen.

2

Ich saß am See. Die Wiese war menschenleer, und die Sonne kam nicht durch. Manchmal war rechts der Himmel frei, manchmal links, und ich dachte immer, die Sonne würde jede Minute die Wiese wärmen. Aber ich täuschte mich. Die Wolken rissen den Himmel gerade da auf, wo die Wiese nicht war. Manchmal wurde es mir sogar zu kühl.
Am Ufer spielte die Katze. Bauer Greiffs Sohn kam und wollte mit mir Ringkampf, Boxkampf oder »Schlagabtausch« üben. Aber ich hatte keine Lust dazu und schickte ihn fort. Der Junge ist jetzt fünf Jahre alt, und wenn man ihm seinen Willen ließe, würde er sich mit jedem, der ihm in die Quere kommt, prügeln. Und in die Quere kommt ihm immer einer, dafür sorgt er schon selber.
Am Ufer spielte die Katze. Eigentlich war ich zum See hinunter gegangen, um zu schwimmen, aber die Wolken störten mich, der kühle Wind und die kühlen Wellen. Ich massierte meine Füße, begutachtete den Himmel, der mir nicht gefiel, und ich wußte nichts mit mir anzufangen. Zuweilen kommt man in solche Situation. Man hat alles, was man will: Urlaub, Freizeit, Freiheit, See, Wiese, Stille, Raum und Zeit. Aber man fängt nichts damit an. Man sitzt da, reibt sich die Füße oder den nackten Bauch und weiß nicht, warum man das tut. Die Minuten verrinnen, die Zeit fließt dahin, und erst Wochen später, wenn man an seinem Schreibtisch sitzt oder ungeduldig ein Taxi herbeiwinkt, fällt einem ein, daß dieses Trödelleben am Seeufer nicht sinnvoll ausgenutzt wurde. Man hätte doch wandern können oder schwimmen sollen, sagt man sich, aber im entscheidenden Augenblick kommt man nicht darauf. Man massiert die Füße, schickt den Jungen fort, sieht die Katze am Ufer und massiert wieder die Füße. Das Leben ist da, denkt man, und man nimmt es hin. Man genießt es sogar,

aber man genießt es in der Vorfreude ganz anders als in der Erinnerung, an Ort und Stelle anders als in seinen Plänen, und wenn die Wolken dunkler reagieren, als man es erwartet hat, kommt man aus dem Konzept. Man döst dahin, aber vielleicht ist gerade Dösen eine gute Philosophie. Die Katze war noch immer am Ufer, und erst jetzt merkte ich, daß sie Fische fing. Ich nahm meine Wolldecke, blickte zum Himmel und legte mich neben die Katze. Sie fing wirklich Fische, denn darauf ist sie spezialisiert.
Du bist schon lange am See, sagte ich.
Ja, sagte sie, seit neun Jahren. Sie versteckte einen kleinen Fisch – ein Rotauge, glaube ich – in einem Grasbüschel und fing an, sich zu putzen. Wir schwiegen. Anscheinend war sie noch beleidigt, weil ich sie an einem jener Abende, als Bauer Greiff bei mir zu Besuch war, fortgejagt hatte. Das ganze Jahr über streunt sie umher, macht die Nacht zum Tag, fängt Mäuse, Vögel, Insekten oder Fische, doch in den drei Wochen, die ich in meiner Hütte verbringe, läßt sie sich mit geradezu penetranter Selbstverständlichkeit verwöhnen; auf einmal sind ihr Wurstpellen zu schäbig, Kuhmilch ist ihr nicht mehr schmackhaft genug, und eine frische Scheibe Brot rührt sie nicht einmal an. In diesen drei Wochen spielt sie die Diva: launisch, herablassend, gnädig. Und sie macht, was sie will.
Sie hatte gerade den Fisch versteckt und putzte sich. Es ist nicht einfach, mit ihr ins Gespräch zu kommen, deshalb wartete ich zunächst einmal ab. Meine Hoffnung, daß die Sonne die Wolken vertreibe, hatte ich aufgegeben, und ich lud die Katze ein, zu mir auf die Decke zu kommen. Sie sah mich an, überlegte einen Augenblick, spitzte die Ohren, weil ein Fisch übers Wasser sprang, sah mich noch einmal an und lehnte ab. Nachdem sie kontrolliert hatte, ob sie ihren Fisch auch gut versteckt habe, legte sie sich auf den Rücken, streckte alle vier Beine hoch in die Luft, gähnte, leckte sich die Schnauze ab, sah mich an und legte sich hin. Ich hatte den Eindruck,

daß sie müde war und schlafen wollte. Also ließ ich sie in Ruhe.
Gerade das aber war ihr anscheinend nicht recht, ja, sie schien mir nicht einmal zu trauen. Sie wußte natürlich, daß ich mich gern mit ihr unterhalte, und allein deshalb blinzelte sie noch einmal zu mir herüber. Ich sagte: Du schläfst ja gar nicht. Sie kratzte sich völlig grundlos hinterm Ohr, als wolle sie damit sagen, sie hätte mich nicht verstanden und wisse überhaupt nicht, was ich von ihr wolle. Das Schlimme an ihr ist: Wenn *sie* etwas will, muß ich sofort zur Stelle sein und ihr jeden Wunsch von den Augen ablesen; will *ich* einmal etwas, reagiert sie überhaupt nicht. Und auf die Dauer trübt das natürlich unser Verhältnis.
Ich reise in drei Tagen ab, sagte ich, dann hast du ohnehin deine Ruhe. Ich stand auf, nahm die Wolldecke, zog sie hinter mir her, aber die Katze sprang mir nach, krallte sich in der Wolldecke fest und hielt mich zurück. Was ist, fragte ich. Offensichtlich war sie gekränkt, daß ich sie so brüsk hatte abfahren lassen. Also ließ ich mich noch einmal zu ihr herab, breitete meine Wolldecke wieder aus und setzte mich zu ihr ins Gras. Sie sah mich an, schnurrte, machte einen Buckel, fuhr ihre Krallen aus, leckte sich den Mund und die Nase ab, rieb ihr Fell an meinen Beinen, schnurrte noch einmal, legte sich auf meine Decke und wartete ab. Man kommt eben nicht zu Kommunikationen, wenn der eine nur verlangt und der andere immer wieder nachgibt.
Aber sie wurde plötzlich gesprächiger und kam auf eines ihrer Lieblingsthemen. Sie behauptet nämlich, die menschliche Aufteilung des Lebens in Tag und Nacht sei unnatürlich und widersinnig; dabei ist ihr absolut klar, daß die Natur der Katze ihrer Entwicklung, ihrem Wesen und Werden nach mit der des Menschen so gut wie nichts gemein hat. Seit ich sie kenne, ärgert sie sich darüber, daß die Menschen den Katzen Namen geben und sie sogar in Stadtwohnungen gefangen halten. Sie hält Menschen für zudringlich, für launisch, für ungerecht,

und es stößt sie geradezu ab, daß Menschen nach der Uhr leben. Ich habe stundenlang mit ihr diskutiert, aber je älter sie wird, desto unnachgiebiger beharrt sie auf ihrem Standpunkt.
Die Katze meint, der Mensch habe lediglich ein romantisches oder ein sentimentales Verhältnis zur Nacht, und ihr seien Romantik und Sentimentalität zuwider. Das sei ihr zu verlogen, behauptet sie, und wie der Mensch die Nacht tatsächlich einschätze, könne man am besten an seinem Sprachgebrauch ablesen, etwa an dem Wort »dunkel«. Ihr selber sei die Dunkelheit angenehm, sie habe Vertrauen zu ihr, und eigentlich geschähe alles, was ihr Freude mache, im lautlosen Dunkel der Nacht. Die Menschen zögen sich dunkle Anzüge an, wenn sie einen beerdigten; üble Geschäfte nennten sie »dunkle« Geschäfte; böse Gedanken nennten sie »düstere« Gedanken; alles Ungewisse bleibe im »Dunkel«; schuld an allem seien die »Dunkelmänner«; wenn ein Mensch keine Ahnung habe, tappe er im »Dunkeln«; ein Kopf sei deshalb klug, weil er »hell« sei, und schon die Kinder würden dahin erzogen, daß sie die Dunkelheit fürchten lernten.
Sie saß jetzt neben mir auf der Wolldecke, leckte sich die Pfote und sah mich an. Eine Ameise lief über meinen Fuß, und ich schlug sie tot. Der Himmel war jetzt ganz verhangen. Auf dem See angelte ein Fischer, den ich nicht kannte.
Die Nacht, sagte ich, habe für die Katze eine bestimmte Funktion. Sie braucht die Nacht, um existieren zu können. Sie hat Instinkte, sagte ich, die dem Menschen fehlen. Die Katze fängt sich ihre Maus nachts, weil sie nachts größere Erfolgschancen hat; der Mensch jagt am Tag, weil er am Tag besser sieht und sicherer trifft. Man kann das überhaupt nicht vergleichen, sagte ich, und da sie alle Jahre wieder gerade auf dieses Thema zurückkommt, war ich verärgert. Für mich war es ausdiskutiert.
Nicht für sie. Sie begreift überhaupt nicht, wie einer ungedul-

dig werden kann, und ich behaupte, sie weiß nicht einmal, was Ungeduld ist.

Sie ließ sich Zeit, schlug nach einer Fliege, ohne sie zu treffen, sah in den Himmel, schüttelte sich und meinte, gerade nachts kämen einem die besten Gedanken. Nachts sei die Luft rein, nachts sei Stille, nachts lebe man auf. Sie beobachte doch, sagte sie, sehr genau den menschlichen Tagesbeginn im Dorf, und ihre Beobachtungen seien erschreckend. Ausgeschlafen habe überhaupt niemand. Die Leute wachten auf, weil der Wecker sie aus dem Schlaf scheuche, sie rieben sich die Augen, reckten sich mißgelaunt vor der Stalltür, spuckten aus oder in die Hände, träten mit Füßen nach ihr oder jagten sie ohne jeden Grund fort. Der eine rauche eine Zigarette, um wach zu werden, der andere stecke, um wach zu werden, seinen Kopf in den Wassertrog, man schlüge sinnlos Kühe, fluche vor sich hin, und sie, als Katze, könne nur den Eindruck gewinnen, daß überhaupt niemand im Dorf freiwillig oder gar gut gelaunt den Tag beginne. Die Leute gehen zu Bett, sagte sie, weil es ihnen die Uhr vorschreibt, und sie stehen auf, weil der Wecker es ihnen befiehlt. Das machen sie im Sommer, im Winter, im Frühjahr, obschon es doch im Winter um 6 Uhr morgens noch Nacht sei und im Sommer schon halber Tag. Sie empfinde das als unnatürlich und bestand darauf, daß Lebewesen schlafen sollten, wenn sie müde sind, und aufstehen sollten, wenn sie von selber wach würden. Alles andere sei wider die Natur.

Ich sagte ihr, daß Menschen anders seien als Katzen und ihr Leben organisieren müßten. Aber man kann mit ihr nicht diskutieren. So hält sie es für absolut richtig, daß Katzen blind auf die Welt kommen und es auch tagelang bleiben, weil sie sich einbildet, gerade dadurch würde man sich an die Dunkelheit gewöhnen und jede Furcht vor der Nacht verlieren. Gott sei Dank kam sie heute nicht auf ihre beiden anderen Steckenpferde: auf das Prinzip Freiheit und auf das Thema Verwandtschaft. Darin nämlich kennt sie sich aus, und sie findet kein Ende. Ich fragte sie, ob sie noch Büchsenmilch wolle, und sie war einverstanden. Ich stand auf, hing mir die Wolldecke über die Schulter, und während sie vor mir herlief, dachte ich darüber nach, daß der Urlaub und das Seeleben und die Katzengespräche bald zu Ende gingen.

3

Es war ein plötzlicher Entschluß. Noch am Abend vorher hatte ich meinen Koffer und die beiden Aktentaschen gepackt, die Hecke gespritzt und die Wasserleitung abgestellt, denn ich wollte um halb fünf in der Frühe abreisen. Ich stand rechtzeitig auf und ging noch hinunter zum See; es würde ein warmer Tag werden, schien mir, denn der Nebel fiel herab. Bauer Greiff mußte jeden Augenblick kommen, um mich zum Bahnhof zu bringen. Der Urlaub war zu Ende, und ich rechnete mir vor, daß ich bis zum nächsten Frühjahr die Hütte und den See nicht mehr wiedersehen würde. Die Katze kam übrigens nicht.
Plötzlich stand für mich fest, daß ich nicht abreisen würde. Ich weiß bis heute keine Erklärung dafür. Auf jeden Fall packte ich alles wieder aus, räumte die einzelnen Wäschestücke sorgfältig wie nie zuvor in den Schrank, stellte das Wasser wieder an, und als Bauer Greiff kam, um mich abzuholen, sagte ich, daß ich bliebe. Er nahm das ziemlich gelassen hin, sagte, daß er sich über meinen Entschluß freue, und während er schon auf dem Weg zum Stall war, rief er mir noch zu, ob ich am Abend zur Brotzeit käme. Ich nahm das Angebot gern an und machte mich sogleich auf den Weg nach Moosbach, um mit meinem Kölner Büro zu telefonieren.
Meine Sekretärin tat etwas verwundert, als sie meine Stimme hörte, denn sie nahm an, ich sei schon auf dem Weg ins Büro. Sie fragte mich, ob etwas passiert sei oder ob ich krank geworden wäre, aber ich hatte keine Lust, lange Erklärungen abzugeben. Ich teilte ihr lediglich mit, daß ich beabsichtige, am See zu bleiben; ich sähe nicht ein, sagte ich, warum mein Büro ausgerechnet in Köln stehen müsse, zumal das Arbeitsklima am See gesünder sei, und ich bat sie, sämtliche Akten, den Briefwechsel, meinen Schreibtisch und den übrigen Bürokram

von einer Spedition abholen und an den See transportieren zu lassen. Bis wann sie das wohl schaffen würde, fragte ich. Für einen Augenblick war sie verwirrt. Ist was, fragte ich. Nein, sagte sie, aber Wochen später, als sich die Leute vom See längst an meine ständige Anwesenheit gewöhnt hatten, erfuhr ich, welchen Wirbel sie in meiner Kölner Firma entfacht hatte. Zunächst hatte sie ihre Kolleginnen und meine Mitarbeiter um Rat gefragt, was sie nun tun solle. Wie immer bei solchen Meinungsbefragungen gingen die Ansichten weit auseinander. Die einen rieten ihr, meinen Auftrag wie gewünscht durchzuführen, denn schließlich trüge nicht sie die Verantwortung dafür; die anderen meinten, sie solle nur nichts übereilen, sie müsse zum Direktor gehen und auch den Personalrat einschalten, vielleicht wäre es sogar klug, mich zu bewegen, ein ärztliches Attest einzureichen, und als man sie fragte, ob sie denn überhaupt bereit sei, von Köln fortzugehen, verneinte sie diese Frage ganz entschieden; sie stünde kurz vor ihrer Verlobung, und ehe sie sich von Köln an den See versetzen ließe, würde sie lieber kündigen. Es geschah mehrere Tage nichts, und ich wartete immer ungeduldiger auf mein Büro. Mit dem Nachbarn von Bauer Greiff, einem pensionierten Postsekretär aus Lindau, hatte ich vereinbart, daß er mir eine kleine Wiese am Seeufer für zunächst fünf Jahre verpachtet; dort unten wollte ich mich mit meinem Büro etablieren. Meiner Ansicht nach konnte das keine Schwierigkeiten machen. Ich hatte meinen Tarifvertrag mehrmals durchgelesen, und es bestand überhaupt kein Zweifel daran, daß ich meinen vertraglich festgelegten Verpflichtungen am See ebenso gut nachkommen konnte wie in Köln. Da jedoch nach Ablauf einer Woche mein Büro immer noch nicht eingetroffen war, schrieb ich einen Brief an meinen Direktor und teilte ihm mit, daß ich meinen Urlaub termingerecht beendet hätte und immer noch darauf warte, mein Büro am See in Betrieb nehmen zu können. Ich war entschlossen, mich nach allen Seiten hin abzusichern, denn natürlich kann ich mir eine fristlose

Kündigung nicht erlauben. Ich habe keine Ersparnisse, von Landwirtschaft verstehe ich nichts, und auch am See muß das Geld schließlich irgendwie erarbeitet werden. Drei Tage später kam die Antwort. Mein Direktor bat mich, zu einer Aussprache nach Köln zu kommen.

Gerade das wollte ich nicht. Es erscheint mir unsinnig, den Wert einer Arbeit danach zu bemessen, *wo* sie geschieht. In der Physik lehrt man, Arbeit sei Kraft × Weg, und Leistung sei Kraft × Weg : Zeit. An welchem Ort die Arbeit getan und wie die Leistung erbracht wird, spielt dabei keine Rolle. Darüber hinaus hatte ich Angst, Köln wiederzusehen. Man denkt um, wenn man den Dom wieder vor Augen hat, von der Altstadt verschluckt wird, und sobald man die Tiefgarage befahren, die Aufzüge bestiegen und die nicht endenwollenden Büros der Firma wieder betreten hat, gibt es keinen Weg zurück. Nein, ich wollte am See bleiben, am See arbeiten, hier mein Büro haben, hier mein Geld verdienen, und der Vorschlag, zu einer Aussprache nach Köln zu kommen, war zweifellos ein wohlüberlegter Trick. Also mußte ich die Aufforderung ablehnen und stichhaltig begründen, warum.

Das fiel mir nicht einmal schwer. Es kam zunächst darauf an, bei meinem Chef Vorurteile abzubauen, zumal er schon immer den Eindruck von mir hatte, ich sei zu nachsichtig. Vorurteile sind vor allem Charaktereigenschaften und daher ebenso unüberwindlich wie gefährlich. Wer ein geistig geschultes Gehirn besitzt, behauptet das Vorurteil, kann kein Herz haben. Wer weiß, was er will, kommt in den vorschnellen Verdacht, gefühllos zu sein. Wer einen kühlen Kopf bewahrt, heißt es, kann nicht gleichzeitig warmherzig sein, und wer intelligent ist, sagt man, unterdrückt seine Tränen. Natürlich ist das nicht wahr. Der Erfinder der Relativitätstheorie, Albert Einstein, brach am Grab seiner Frau zusammen, und Albert Schweitzer, der christliche Gefühle über die ganze Welt publik machen wollte, vergaß in seinem Urwaldlazarett, was Tränen sind. Wenn die naturgewollte Einfalt die Tränen beherrschte, dann würden Tiere permanent weinen. Gerade sie aber wissen nicht einmal, was Tränen sind.

Nach Köln schrieb ich, die Auffassung, am See ließe sich nicht arbeiten, sei nichts anderes als ein Vorurteil. Ich stellte klar, daß es mir überhaupt nicht darum ging, etwa meinen Urlaub aufs ganze Jahr auszudehnen, um gleichsam nebenher noch etwas zu arbeiten. Was mich bewege, mein Büro am See zu etablieren, sei die Tatsache, daß sich dadurch meine Arbeitskraft normalisiere. Bürotratsch, Kantinengespräche, Intrigengeflüster auf den Gängen, kurz: all jene Beziehungen, die man mit einem der dümmsten aller Wörter »zwischenmenschlich« nennt, seien meiner Arbeitskraft abträglich. In Köln seien Büros knapp, am See hätte ich das Raumproblem schon gelöst; in Köln benötige die Hauspost von einem Büro zum andern nach der letzten Erhebung mindestens 24 Stunden, vom See aus ging die Post schneller nach Köln; in Köln führe meine Sekretärin jeden Tag mehrfach Privatgespräche, am See hätte sie dazu keine Gelegenheit; in Köln müsse ich, nur weil mein Name mehr oder weniger zufällig auf dem Verteiler stehe, fast täglich zu einer Konferenz, am See fielen diese Termine fort, das käme meiner täglichen Arbeit zugute; in Köln käme ich mehrmals im Monat zu spät ins Büro, weil mich die Verkehrsverhältnisse dazu zwängen, am See gäbe es dieses Problem nicht... Und diese Aufrechnung, schrieb ich, ließe sich unendlich fortsetzen. Nur zwei Gesichtspunkte wolle ich nicht unerwähnt lassen: Man solle mir, schrieb ich, nicht mit dem Argument kommen, daß mein Vorschlag einen sogenannten Präzedenzfall schaffe; davon könne keine Rede sein, da ich der Firma Arbeitsplatz und Arbeitsmöglichkeit kostenlos zur Verfügung stelle. Wer, wenn ich fragen dürfe, könne denn mit gleichen Angeboten aufwarten? Zum anderen lehnte ich das Argument ab, man könne meine Arbeit und mich am See nicht mehr kontrollieren. Ich wünschte nach Leistung bezahlt zu werden und nicht nach Anwesenheit im Büro. Und meine Leistungen seien jederzeit meßbar.

Die Antwort meines Direktors war lapidar. Er wolle es, nach Rücksprache mit dem Personalrat, nicht auf einen Prozeß ankommen lassen. Ich solle mein Büro am See in Betrieb nehmen und unverzüglich mit der Arbeit beginnen.

4

Ich hatte mich mit meiner neuen Sekretärin geeinigt, für die Sommermonate die Arbeitszeit anders einzuteilen. Wir arbeiteten morgens von 6 Uhr bis 10 Uhr und nachmittags von 16 Uhr bis 20 Uhr. Wir verzichteten auf die Mittagspause und legten sie in unsere freie Zeit zwischen 10 und 16 Uhr. Auch richteten wir uns nicht nach Arbeits- und Feiertagen; wir nutzten jeden verregneten Sonntag aus, um zu arbeiten, und an sonnigen Wochentagen gaben wir uns frei. Zu Anfang klappte das nicht immer, weil meine Sekretärin im übernächsten Dorf wohnt und wir keine Möglichkeit fanden, uns abzusprechen, ob wir arbeiten wollten oder nicht. Es sind immer die simpelsten Fragen, an denen man scheitert. Aber wir spielten uns ein. Wir machten unsere Arbeit wetterfühlig, und schon nach drei Wochen funktionierte unser System beinahe einwandfrei.

Meine Sekretärin kam aus Wasserburg und war bisher für eine Speditionsfirma tätig. Sie hatte die Eigenschaft, Privat- und Berufsleben strikt zu trennen. Manche Leute halten das nicht für einen Vorzug, aber es ist einer.

Die neue Arbeitsteilung gab mir die Möglichkeit, mein Leben am See zwischen 10 und 16 Uhr täglich sinnvoll zu nutzen. Ich lag in der Sonne, ging spazieren oder schwimmen, spielte mit Bauer Greiffs fünfjährigem Sohn Fußball, las viel, und für Gespräche am Gartenzaun oder von einer Hecke hinüber zur anderen konnte ich mir nunmehr Zeit lassen. Natürlich kommt nicht viel heraus bei solchen Gesprächen, aber man erfährt immerhin die kleinen Probleme der Leute, und aus kleinen Problemen setzt sich schließlich der ganze Mensch und vielleicht auch unsere Welt zusammen. Für die Katze ist es wichtig zu wissen, wann der Schnee im Frühjahr schmilzt, denn sie möchte weder verhungern noch erfrieren, und die

Erklärung, hinterm Ofen oder auf dem Heuboden sei es doch schön warm, kann sie nur als Gerede abtun; sie möchte keine Erklärungen, sie möchte überwintern und leben, und darin gebe ich ihr auch recht.
Die Büroarbeit lief ordentlich ab. Ich sah jeden Morgen die Post durch und diktierte dann bis 10 Uhr, manchmal auch darüber hinaus. Es kommen immer wieder Anfragen, vor allem von ausländischen Firmen, an welchen Projekten unser Betrieb gerade arbeite, und meine Aufgabe ist es, anhand von Zeichnungen, Grundrissen und Planskizzen die einzelnen Projekte zu erläutern, darüber hinaus gebe ich Gutachten ab. Dem Außenstehenden mag diese Tätigkeit eintönig, vielleicht sogar langweilig erscheinen, aber mit meiner Arbeit ist es wie mit jeder anderen auch: sobald man etwas davon versteht, macht sie einem Spaß. Für mich sind der Automat und die Maschine lediglich das Produkt einer Idee; die Planskizze dagegen zeigt mir, welche Idee dahinter steckt und wie das Produkt einmal aussehen wird. Mit einem Blick habe ich alles auf einmal.
Manchmal kam einer der Leute vom See, fragte nach der Uhrzeit oder nach dem Befinden, aber niemand hielt sich lange auf, denn jeder hatte genug mit sich selbst zu tun. Fremde kamen selten; sie gingen vorbei, unterhielten sich, führten ihre Kinder spazieren oder ihren Hund, blieben stehen, um eine Kuh zu betrachten oder sich den Schweiß von der Stirn zu reiben, und allenfalls fragten sie schon einmal nach dem Weg. Es waren immer andere Fremde; sobald sie wissen, wie es am See aussieht, interessieren sie sich nicht für den See, und sie suchen sich etwas Neues, das sie noch nicht kennen. Die Katze dagegen meinte einmal, man müsse mindestens dreihundert Jahre alt werden, um auch nur das Dorf, die Stallungen und die paar Uferwiesen richtig durchstöbert zu haben.
Natürlich gibt es auch unter den Fremden Ausnahmen, und ein ungewöhnlicher Besucher war »Nurmi«. Vor sechs Jahren, im Juli 1965, habe ich ihn zum erstenmal gesehen, aber

die Leute hier kennen ihn viel länger. Sein Alter läßt sich schwer schätzen. Der Schwiegervater von Bauer Greiff behauptet, schon vor zehn Jahren habe er »Nurmi« für mindestens sechzig gehalten, aber er sei eher jünger als älter geworden. Der Name »Nurmi« sei ganz plötzlich aufgetaucht, und niemand könne mehr sagen, wann und wieso. Die Herkunft solcher Namen, die man – selbst Etymologen wissen nicht, warum – »Spitznamen« nennt, ist ja in den meisten Fällen unauffindbar. Sicher ist nur, daß der richtige Nurmi, wie man weiß, lange vor dem zweiten Weltkrieg ein finnischer Wunderläufer gewesen ist, der die gesamte Weltelite schlug, und der »Nurmi« vom See war eben gerade das Gegenteil: er spazierte durchs Dorf, als käme er nirgendwo her und wolle nirgendwo hin; er ließ sich nicht nur Zeit, er mißachtete die Zeit; manchmal kam er in aller Herrgottsfrühe, manchmal spät in der Nacht, und obschon er sich stets freundlich gab, achtete er doch sehr auf Distanz und redete mit keinem vom Dorf mehr als ihm nötig schien. Niemand kannte seinen richtigen Namen, aber jeder wußte, daß er im Dorf nichts anderes suchte als Ruhe. Nurmi, sagten die Leute, kommt eben jedes Jahr wieder; wenn Nurmi kommt, beginnt die Heuernte, und wenn Nurmi weggeht, sagten die Leute, ist der Sommer vorbei; und Bauer Greiffs Sohn stellte fest, daß Nurmi viel länger Ferien hätte als alle anderen Menschen. Meine erste, mehr als nur flüchtige Begegnung mit ihm liegt etwa drei Monate zurück. Er hatte sich im Bootshaus neben meiner Bürowiese untergestellt, es regnete, und wir standen zunächst mehrere Minuten lang stumm nebeneinander, sahen, wie die Regentropfen den See beunruhigten, und ich überlegte, ob ich mich ihm vorstellen sollte. Aber ich ließ es; Namen sind so nichtssagend. Die Dorfleute nennen mich »Doktor«, meine Sekretärin sagt »Chef« zu mir, die Katze redet mich mit »Mensch« an, und sie selber lehnt es sogar ab, überhaupt einen Namen anzunehmen. Der Fremde hatte den Namen Nurmi, und vielleicht wußte er nicht einmal, daß er so hieß.

Wir standen im Bootshaus und sahen dem Regen zu. Plötzlich nahm Nurmi es mir ab, das Gespräch in Gang zu bringen, sagte, wir würden uns doch schon Jahre kennen und zumindest verbinde uns die gemeinsame Liebe zum See. Es sei, erwiderte ich, bei mir nicht Liebe, die mich am See festhielte; ich lebte hier nicht so sehr aus Neigung oder Lust, sondern weil ich es für sinnvoll und zweckmäßig hielte, und mein Entschluß, ganz am See zu bleiben, sei durchaus ein Akt der Vernunft gewesen.

Schon bei diesem ersten Gespräch im Bootshaus war mir aufgefallen, daß Nurmi seine eigene Philosophie hatte und zumindest meine Art zu denken nicht mitmachte. Ein Philosoph erforscht ja nicht nur die Natur der Dinge; er hat seine Herkunft, seinen Standort und sein Ziel, und ehe er weiß, was er eigentlich will, ist er beeinflußt worden von hunderttausend kleinen Dingen, die er gesehen, erfahren, geglaubt oder verabscheut hat, und während ich oft darüber nachdenke, wie ich mir meine persönliche Freiheit, die ohnehin auf das kleine Stück See beschränkt ist, am vernünftigsten erhalten und am klügsten verteidigen kann, nimmt die Katze sich ihre Freiheit, wie sie einen Fisch nimmt oder einen Tropfen Milch. Es gibt Dinge, die hat man einfach: man hat Hunger, Durst, Träume, Liebesgefühle, Schmerzen, Kummer und Freiheit; allerdings wisse man, behauptet die Katze, warum man Hunger oder Durst habe, und während Liebesgefühle oder Schmerzen nur zeitweilig aufträten, sei die Freiheit immer da und bedürfe deshalb keiner Erklärung. Man atme ja auch und denke sich nichts dabei, und genauso sei es mit der Freiheit. Die Katze hat eben ihren eigenen Kopf, und gerade das gefällt mir an ihr. Nur will sie immer recht haben, es gibt kein Argument, durch das auch sie sich einmal überzeugen ließe, und diese besserwissende Verstocktheit bringt mich nicht selten aus der Fassung. Ich schreie sie dann an oder jage sie fort, obwohl ich genau weiß, daß es mir nachher leid tun wird. Aber so wenig sie sich ändert, so wenig werde ich es wohl tun.

Nurmi hatte sich, wie ich später erfuhr, schon öfters nach mir erkundigt; er hatte das mehr oder weniger beiläufig getan, so daß die Leute sich nichts dabei dachten. In einem unserer Gespräche fragte ich ihn, welche Absicht er damit verfolgt habe.

Er wurde etwas verlegen. Er habe mich manchmal beobachtet, sagte er dann, ich sei ihm nicht unsympathisch gewesen, vor allem deshalb nicht, weil ich mir mein Büro am See eingerichtet hätte, und er, müsse ich wissen, fühle sich ziemlich einsam. Mehr sagte er nicht. Wir saßen auf der Bank vor meiner Hütte, ich rauchte. Er selber sei, zumindest bis jetzt, Nichtraucher, sagte er.

Für mich ist es immer wieder ein Abenteuer, Menschen zu begegnen. Man sieht sich, spricht sich an, verabredet sich, trifft sich, lernt sich kennen, aber wie nun die einzelnen Etappen vor sich gehen, registriert man nicht. Die Tatsachen werden trüb, und die Erinnerung wirft die Zusammenhänge durcheinander. Eigentlich vergißt man nur die erste Liebe und den Tod der Mutter nicht. Da behält man die Sekunden und nicht nur das Jahr oder den Tag.

Wir trafen uns jetzt öfter; meistens kam er zu mir in die Hütte, aber was ich ihm auch anbot: er lehnte ab. Er rauchte nicht, trank nicht, hatte überhaupt keine Laster, wie mir schien, und vor allem vermied er es, auch nur die geringste Andeutung über sein Privatleben zu machen. Gerade das aber machte mich neugierig. Ich erzählte ihm deshalb von mir, daß ich geschieden sei, eine Tochter habe, für meine Kölner Firma Gutachten anfertige, und mit den Leuten am See, sagte ich, fühle ich mich insofern verbunden, als sie hilfsbereit, aufrichtig und zurückhaltend seien. Sie akzeptierten mich, aber sie drängten sich mir nicht auf.

Nurmi bestätigte das; aus denselben Gründen, sagte er, käme auch er zum See. Er tat nichts, was ungewöhnlich oder gar unwahrscheinlich gewesen wäre, aber er gab mir manche Rätsel auf. Erst viel später erfuhr ich, daß er rückwärts lebte.

5

Als ich erfuhr, daß er rückwärts lebte, machte ich mir zunächst nicht klar, was das bedeutet. Man hört ja oft Dinge sagen, die einen unmittelbar nichts angehen, und also hört man nicht recht hin oder darüber hinweg. Aber was eigentlich geht einen nichts an? Sogar die Leute vom See behaupten, was man nicht wisse, mache einen nicht heiß, aber man kann sich auch schnell die Finger verbrennen, wenn man sich Ohren und Augen aus purer Bequemlichkeit ein Leben lang zuhält.
Da Nurmi rückwärts lebte, konnte er mit solchen Sprüchen nichts anfangen. Er sei, sagte er, 52 Jahre alt und vor 21 Jahren, am 18. Dezember 1948, auferstanden. Damals war er 73 gewesen, und er konnte sich noch an jenen Augenblick erinnern, als er im Krankenhaus aufgewacht war. Vorher hatte man seinen Sarg aus dem Grab geholt, ihn in der Leichenhalle aufgebahrt, die Kerzen angezündet, die Orgel spielen lassen und Lieder gesungen, die Predigt gehört und dem Pfarrer sein Trinkgeld gegeben; anschließend war er ins Krankenhaus gekommen, man hatte ihn ausgepackt, auf die 2. Klasse gelegt und abgewartet. Das Erwachen sei ihm schwer geworden, sagte er. Er habe kerzengerade in einem Bett gelegen und Angst gehabt, die Augen zu öffnen; zudem sei ihm kalt gewesen. Als erstes habe er die Zimmerdecke gesehen oder eine Wolke oder das Weiße in seinen eigenen Augen, er wisse das nicht mehr genau, und da er plötzlich durstig geworden sei, habe er nach der Schwester gerufen, zunächst leise, dann lauter, und schließlich habe er geschrien und an die Wand geklopft, aber niemand habe ihn gehört. Seltsam, sagte er, daß in solch einem Augenblick niemand zur Stelle ist. Dann sei er müde geworden, habe die Augen wieder geschlossen und sich überlegt, ob er nicht alles wieder rückgängig machen könne, aber natürlich sei er nur eingeschlafen. Minuten, Stunden

oder Tage später sei eine Schwester gekommen, habe ihm den Puls gefühlt, ihm eine Spritze gegeben, die Hand auf seine Stirn gelegt und gesagt, nun sei es geschafft. Aber zunächst habe er im Krankenhaus bleiben müssen.

Ich hörte ihm zu und rauchte. Wenn ich mich nicht irre, hat er mir den Anfang seiner Lebensgeschichte tatsächlich im Bootshaus erzählt; aber ich bin dessen nicht sicher. Damals wußte ich noch nicht, daß Nurmi – neben der Katze – mein Seeleben verändern würde, und ich nahm seine Biographie mit eben jenem Interesse wahr, das man gemeinhin für andere Leute aufbringt. Mehr aus Neugier als aus Höflichkeit oder gar Anteilnahme fragte ich ihn, wie lange er noch im Krankenhaus geblieben sei.

Am meisten enttäuscht war er vom Pfarrer. Der Pfarrer war der erste Mensch in seinem Leben gewesen, der mit ihm gesprochen hatte, aber Nurmi ließ sich nur ungern bewegen, über diese Gespräche etwas zu sagen. Sein Standpunkt ist klar: Wenn man rückwärts lebt, sagt er, möchte man nicht mit spekulativen Fragen über den Tod und das Jenseits beschäftigt werden, sondern ein paar handfeste Anregungen bekommen, wie man dieses Leben bewältigen könne. Auf meinen Einwand, der Pfarrer habe ihn nicht gekannt, und für ihn sei es deshalb schwer gewesen, einem wildfremden Menschen brauchbare Ratschläge zu geben, erwiderte Nurmi, das sei kein Argument. Wenn jemand, behauptete er, von Berufs wegen in Krankenhäuser ginge, um die einen auf das Leben, die anderen auf den Tod vorzubereiten, dann müsse er präzis und konkret sein. Mit Theorien ließe sich nur etwas anfangen, wenn man sie auch praktizieren könne, und wer fordere, daß der Mensch edel, hilfreich und gut zu sein habe, müsse auch die Gebrauchsanweisungen mitliefern, wie man das mache. Ihm jedenfalls sei gerade der Beginn seines Lebens schwer gefallen, und er hätte sich in den ersten Wochen überhaupt nicht zurecht finden können; man habe ihm lediglich gesagt, daß er 73 Jahre alt sei, an Alterskrebs leide, bald gesund würde, und nach etwa 14 Tagen habe man ihm seine Frau geschickt, um ihn abzuholen. Das war ein aufregender Moment für ihn. Er hatte die Frau angesehen, die er nicht kannte, sie war noch eine Greisin, hatte eine zu hohe Stirn, hauchdünne, gelbweiße, glattgekämmte Haare, und an ihren Händen traten die Adern dick und blau hervor. Er wußte, daß er sie einmal heiraten würde, aber er wußte nicht, warum; zunächst einmal mußte er mit ihr leben. Er habe sich nur schwer an diese seine Frau gewöhnen können, sagte Nurmi; seine Frau habe nichts von ihm gewußt, er nichts von ihr, doch man gewöhne sich schnell aneinander, wenn man alt sei, und die Liebe sei erlernbar. Leider gefiele es seiner Frau am See nicht, und deshalb käme er jedes Jahr allein. Vor ein paar Jahren habe er zum erstenmal mit ihr geschlafen; es sei nicht aufregend gewesen, aber sie würden ja jünger, und die Lust zur Liebe käme sicher noch. Vorstellen können er sich das jedoch nicht.

Am selben Abend, als Nurmi längst gegangen war und übrigens mehrere Wochen dem See fernblieb, kam die Katze noch, um ihre Milch zu trinken, und sie meinte, es sei ihr ziemlich egal, ob man vorwärts oder rückwärts lebe, sie interessiere sich ohnehin nur für den Augenblick. Sie hatte schlechte Laune und lief davon.

Auch meine Sekretärin war in letzter Zeit unzufrieden. Sie habe oft Langeweile und wisse nichts mit sich anzufangen, denn wenn ich über meinen Planskizzen säße, starre sie auf die Schreibmaschine, in den Himmel oder auf den See, und das sei für sie verlorene Zeit. Ich versuchte ihr zu erklären, daß alle Sekretärinnen der Welt zuweilen einen gewissen Leerlauf hätten, und damit müsse man fertig werden. Sie leugnete das nicht, aber sie machte mich darauf aufmerksam, daß andere Sekretärinnen mehr Abwechslung hätten als sie; in der Firma und in der Stadt käme man unter Menschen, und wenn man jung sei, brauche man Abwechslung, neue Eindrücke, Kontakte. Ich wußte darauf keine vernünftige Antwort.

Manchmal traf ich Bauer Greiff. Einmal, als er seinen Traktor reparierte, fragte er mich nach Nurmi. Ich hätte ihn, sagte ich, lange nicht mehr gesehen, wer weiß, was aus ihm geworden sei, vielleicht komme er überhaupt nicht mehr zum See. Seltsam, sagte Bauer Greiff, und wischte sich mit einem schmutzigen Wollappen die ölbeschmierten Hände sauber. Natürlich wußte Bauer Greiff nicht, daß Nurmi rückwärts lebte.

Wenn jemand unangemeldet an die Tür meiner Hütte klopfte, war es entweder Bauer Greiffs Sohn oder die Katze; darauf konnte ich wetten. Doch während die Katze sofort spürte, ob sie mir erwünscht war oder nicht und daraus ihre Konsequenzen zog, mußte ich mich mit Bauer Greiffs Sohn auch dann abgeben, wenn ich keine Lust hatte. Er stellte mehr Fragen, als es Antworten gibt, aber man kann ja einem fünfjährigen Jungen nicht damit kommen, daß man keine Zeit für ihn habe. Im übrigen läßt er sich nicht abfinden. Er wollte wissen, was Zeit sei, und warum meine Zeit ausgerechnet für ihn nicht reiche; dann setzte er sich an meinen Tisch und verlangte ein Glas Sprudelwasser, mit Zucker. Leider wird es Herbst, und ich muß überlegen, ob ich mein Büro von der Wiese ins Bootshaus verlagere.

6

Ich lehnte mich zurück in meinen Sessel, nahm meine Dunhill-Pfeife Nr. 331 F/T, stopfte sie, zündete sie an, rauchte ein paar Züge, aber der Tabak brannte nicht gleich, ich nahm ein anderes Streichholz, zündete die Pfeife wieder an, ging ans Fenster, sah hinaus, tatsächlich, es wurde Herbst, denn die Hecke verfärbte sich, und nachdem ich meinen Aschenbecher und die Zeitung geholt hatte, setzte ich mich wieder in meinen Sessel, rauchte die Pfeife richtig an und las. Es war samstags.
Man will jetzt, schreibt die Zeitung, die Autobahn von München nach Lindau ausbauen, und die Regierung kann sich mit den einzelnen Stadt- und Landkreisen nicht über den genauen Verlauf einigen. – Der Milchpreis soll um einen Pfennig erhöht werden, die Bauern hier freuen sich, aber sie sind knapp bei Kasse, und der Pfennig pro Liter wird ihnen nicht viel helfen. – Der Pfarrer von Rensbach hat im »Goldenen Fäßle« einen Vortrag über den Prozeß gegen Jesus gehalten, und der Berichterstatter schreibt, der Besuch sei überaus schwach gewesen. Die Leute hier interessieren sich dafür nicht. Sie wollen an die Kirche glauben, an die zehn Gebote und an den lieben Gott, aber sie wollen nicht wissen, warum sie daran glauben. Das halten sie für neumodisch und überflüssig. – Einem Lehrer in Leutkirch hatte man am vergangenen Freitag zwei Hasen aus dem Stall gestohlen, und er ließ am darauffolgenden Montag einen Aufsatz schreiben zu dem Thema: »Unser Sonntagsbraten«. Tatsächlich schrieben zwei Schüler, sie hätten Hasenbraten gehabt, und der Lehrer brachte ihre Väter vor den Kadi. – In Oberstdorf hat man eine sechzehnjährige Kellnerin vergewaltigt, umgebracht und im Wald verscharrt. Dem Täter sei man auf der Spur, behauptet die Polizei, aber die Kellnerin ist tot und wer weiß, ob die Spur die richtige ist. – Im Wetterbericht heißt es, daß es noch einmal

sonnig und warm würde. – Der Niedersonthofener See soll verkauft werden; irgendein Industrieller aus dem Ruhrgebiet hat schon 1,2 Millionen geboten. Man will versuchen, einen oder mehrere Käufer aus dem Allgäu zu finden, damit der See nicht in fremde Hände kommt. Aber, so heißt es, niemand hier könne eine solche Summe aufbringen. – Das Landratsamt hat 3,4 Millionen Mark Schulden, und der Kemptener Bahnhof soll verlegt werden.

Ich lege die Zeitung beiseite. Manchmal fällt es einem schwer, allein zu sein. Seit meiner Scheidung mache ich die Hausarbeit immer selber; es ist still im Haus, so daß ich die Stille höre, die Nächte sind lang, die Abende nehmen kein Ende, und wenn ich mir morgens mein Frühstück mache, ist die Lust nach einer Scheibe Brot und nach dem Schluck Kaffee schon vergangen, bevor das Wasser kocht und die Scheibe Brot geschmiert ist. Es ist nicht wahr, daß die Ehe Gewöhnung ist; ich könnte mich umgewöhnen. Die Ehe ist Arbeitseinteilung. Man schläft anders, wenn die Frau aus dem Haus ist; der Rhythmus ändert sich; die Träume wechseln; das Schlafzimmer riecht anders; der Eisschrank wird anonym; das ungemachte Bett befremdet; die Speisereste auf dem Teller werden schneller kalt; der Kaffee ist laff; der Wecker schrillt lauter; das Heizkissen geht kaputt; man muß sich das Bier, die Zeitung, den Aschenbecher, das Streichholz, die Brille, den Bleistift, das Kreuzworträtsel selber holen; die Gedanken vereinsamen, das Kopfkissen ist fettig, man erwacht, und niemand ermuntert einen, wacher zu werden, man öffnet das Fenster, sieht hinaus, es ist Herbst.

Die Leute im Dorf reden noch immer darüber, warum ich geschieden bin, aber sie kennen die Gründe nicht, sie haben ihre Gerüchte. In unserem Jahrhundert haben die Gerüchte ihre Intimität verloren; sie kommen nicht mehr aus den Schlafzimmern, den Hinterstuben, den Boudoirs. Gerüchte bespricht man heute am Gartenzaun oder im Stall, ganz offen, so laut wie erlaubt und so leise wie notwendig, aber natürlich will man nachher nichts gesagt haben. Wenn ich den Leuten vom See erzählte, daß ich mich nur deshalb habe scheiden lassen, weil meine Frau und ich uns nichts mehr zu sagen hatten, wären sie enttäuscht. Da müsse doch noch etwas anderes dahinter stecken, würden sie meinen, und schon deshalb redete ich mit ihnen nicht darüber. Bauer Greiff macht sich in letzter Zeit Sorgen um seinen Sohn, den er so gern haben wollte, und ich meine, er macht sich mehr Sorgen als notwendig. Der Junge sei nicht intelligent, sagt er, aber das bildet er sich nur ein. Er hatte mich zum Abendessen eingeladen, nachher tranken wir Tee mit Rum, der Fernseher lief, aber niemand sah hin, seine Frau war schon zu Bett gegangen, und sein Junge, meinte er, zeige überhaupt kein Interesse an Büchern, an Märchen, an der Kinderstunde im Fernsehen, er lerne nicht einmal sein Abendgebet auswendig, und wenn man ihn zum Malen oder Spielen anhalte, laufe er davon, verstecke sich im Stall oder auf dem Heuboden; nur Angst hätte er vor nichts in der Welt, vorm tiefen See nicht, vor der wütenden Kuh nicht und nicht vor der finstersten Nacht. Ich dachte an mein Gespräch mit der Katze, die ja die Dunkelheit gegen menschliche Aversionen verteidigt, aber sie mag Bauer Greiffs Sohn nicht, weil er ihr zu laut ist und eine diebische Freude daran hat, sie zu erschrecken. Dann dachte ich an Nurmi, der noch viele Jahre vor sich hatte, um Kind zu werden, und welch ein Kind würde er wohl werden wollen? Wenn man die Erfahrungen eines Lebens hinter sich und durchexerziert hat, müßte man doch eine ganz besondere Vorstellung davon haben, wie man als Kind sein möchte; ich nahm mir vor, ihn danach zu fragen, und Bauer Greiff tröstete ich mit dem Hinweis, sein Sohn sei bestimmt in Ordnung. Er sah mich etwas ungläubig an, die Uhr schlug zehn, und eigentlich wollte ich mich verabschieden. Aber weil der Tee kalt geworden war, tranken wir den Rum jetzt pur, und ehe ich merkte, daß mir der Alkohol zu Kopf gestiegen war, warf ich eine Teetasse um, sie fiel zur Erde, sprang entzwei: ich erschrak. Ich entschuldigte mich, aber

Bauer Greiff nahm die Angelegenheit nicht wichtig, fragte, ob er mich zu meiner Hütte begleiten solle, aber das wollte ich auf gar keinen Fall. Ich ging vor die Tür, sah mir den Himmel an, die Sterne waren klar, die Luft rein, und ich muß ganz gut zur Hütte gekommen sein, weil meine Schuhe am nächsten Morgen ordentlich im Vorraum standen und die Hüttentür von innen verschlossen war. Ich schließe samstags immer ab, weil ich sonntags ausschlafen will. Dennoch ärgerte ich mich. Es ist mir peinlich, mich vor anderen Leuten betrunken zu zeigen.

7

Obschon sich das Bootshaus beheizen läßt, bin ich mit meinem Büro jetzt doch in die Hütte gezogen. Es ist zwar etwas eng, aber es geht. Unsere Arbeitszeit haben wir geändert; wir machen pro Tag zwei Stunden länger Dienst und können uns daher jede Woche drei Tage frei nehmen. Meine Sekretärin möchte so oft wie möglich zum Skifahren in die Berge, und drei Tage hintereinander sind ihr natürlich lieber als ein Wochenende, zumal wir samstags/sonntags ohnehin arbeiten. Sie möchte lieber an Werktagen in die Berge, es sei dann ruhiger dort. Ich habe mich zunächst dagegen gewehrt, weil die Leute im Dorf sonntags nur die notwendigsten Dinge tun, zur Kirche gehen und es übel nehmen könnten, wenn wir gerade sonntags arbeiten, aber ich gab schließlich nach. Man kann es nicht jedem recht machen, und ohne Sekretärin bin ich nicht funktionsfähig; außerdem ist mir selbstverständlich klar, daß meine Arbeit in Köln besonders scharf kontrolliert wird. Man mißtraut dort meinem Seebüro noch immer.
Die Katze kommt jetzt öfter. Meistens kommt sie gegen acht Uhr abends, kratzt an der Tür, schüttelt sich, weil sie durchgefroren ist, streicht um den Ofen, sieht mich mißgelaunt an, obschon ich ihr fast immer die Tür öffne und die Milch vorsorglich bereitgestellt habe, leckt sich ihr durchnäßtes Fell trocken, reibt sich die Kälte aus den Augen und springt dann auf den Sessel, um zu schlafen. Ich habe mich daran gewöhnt und lasse sie gewähren, zumal jetzt, wo sie eine Fehlgeburt hatte. Allerdings ist sie darüber schnell hinweggekommen.
Sie kann von einer Minute zur anderen einschlafen. Ich lese und kümmere mich nicht um sie. Sie mag es nicht, daß man sie im Schlaf stört, denn sie genießt ihre Träume, und sobald man sie anfaßt, schreckt sie zusammen, springt auf, schaut sich entgeistert um, und wenn sie begriffen hat, daß ich es war, der

sie aus ihrem Traum gerissen hat, faucht sie mich an, flucht und ist für die nächsten Stunden beleidigt. Sie hat ein unwahrscheinliches Talent, die Beleidigte zu spielen, und manchmal redet sie tagelang kein Wort mit mir; da sie es jedoch übertreibt, mache ich mir nichts mehr daraus.

Vor Jahren habe ich mich einmal damit befaßt, hinter ihre Träume zu kommen. Das war insofern schwierig, als man Träume nicht behält und, wenn überhaupt, nur noch einzelne Bruchstücke wiedergeben kann. Ihr fällt das besonders schwer, weil sie offensichtlich sehr tief schläft und sich an nichts mehr erinnert. Sie meint allerdings, sie träume farbig; hinter dem verschlafenen Dunkel der Augenlider tauchten manchmal bunte Bilder auf und erwärmten ihren Körper. Nur in ihren Träumen würde ihr richtig warm, sagte sie, und deshalb träume sie gern.

Gegen viertel vor neun wurde sie wach, blinzelte zu mir herüber, streckte sich, und zunächst hatte ich den Eindruck, sie wolle weiter schlafen. Aber sie streckte sich noch einmal, gähnte, kratzte sich am Kinn, stand auf und setzte sich. Noch immer war sie verschlafen, blickte den Ofen an, als sei es ihr nicht warm genug, gähnte wieder, und wenn ich sie richtig verstand, war sie vor allem mißmutig darüber, daß sie überhaupt aufgewacht war. Ich habe keinen Krach gemacht, sagte ich und las weiter.

Ob sie sich beschwert hätte, meinte sie. Aber nein, sagte ich, ich weiß auch so, was du denkst. Sie putzte sich, ich las.

Inzwischen war es nach neun, und ich fragte sie, ob sie die Nacht über bliebe. Sie sei sich darüber noch nicht klar, sagte sie, Zeit habe sie schon, denn durch ihre Fehlgeburt brauche sie nun nicht auf den Heuboden, um nach den Jungen zu sehen. Erst jetzt bemerkte ich, daß sie ziemlich abgemagert war, ich bot ihr noch Milch und Wurst an, aber sie lehnte ab. Mich reizte die Gelassenheit, mit der sie den Tod ihrer Jungen hinnahm; es könne ihr doch nicht gleichgültig sein, sagte ich, daß Leben ausgelöscht wird, noch ehe es beginnt, aber sie begriff

überhaupt nicht, worauf ich hinaus wollte. Die Jungen seien tot, sagte sie, die vorigen hätten gelebt, die nächsten würden wieder leben oder noch einmal tot sein, und darüber ließe sich nicht diskutieren, das müsse man feststellen und hinnehmen; kein Gefühl, keine Erregung ändere etwas daran, und wer sich nicht mit den Gegebenheiten abfände, der hinge doch zeitlebens der Vergangenheit nach, und das Leben sei immer nur der Augenblick. Sie war jetzt hellwach, setzte sich auf die Sessellehne, um mich besser sehen zu können, und ich merkte, daß sie auf ihre Argumente stolz war. Wenn sie stolz ist, hat sie strahlende Augen, in die man zentimetertief hineinsehen kann, und es wäre möglich, daß am Ende dieser Augen sich die Träume bilden. Man gebiert, sagte ich, um Leben zu schaffen, einen anderen Grund gibt es nicht.
Sie schien zunächst etwas sprachlos, aber dann faßte sie sich. Es sei ihr, sagte sie, noch nie passiert, daß sie freiwillig geboren hätte; zweimal im Jahr stellten die Kater des Dorfes ihr nach, und sie hätte es sich längst abgewöhnt, die einzelnen Brautwerber abzuweisen. Am See gäbe es ungefähr zehn Kater, und jeder von ihnen sei hinter ihr her; hätte man den einen abfahren lassen, läge der nächste schon auf der Lauer, und einmal erwische es sie dann doch. Nur in ihrem fünften Lebensjahr sei es ihr einmal gelungen, ohne Junge durch den Sommer zu kommen; sie habe damals ein Hautleiden gehabt, dicke Geschwüre und offene Wunden, aber ehe sie so etwas noch einmal durchmache, ließe sie sich lieber jede Nacht mißbrauchen. Man müsse das durchstehen, Junge zur Welt bringen, lebende oder tote, und wenn sie lebten, habe man ja auch eine Weile Freude an ihnen. Man kümmere sich um sie, so gut man könne, doch sobald sie auf eigenen Füßen ständen, sei man wieder allein. Man muß, sagte sie, so früh wie möglich lernen, allein zu sein; wenn man das beherrscht, überwindet man später auch die Einsamkeit.
Ich hatte ihr ruhig zugehört, obschon mich ihre Anschauungen stets zum Widerspruch reizen und ich ohnehin dazu neige,

meine Gesprächspartner zu unterbrechen. Die Katze hat mich jahrelang gebeten, sie doch ausreden zu lassen, aber ich muß mich immer wieder beherrschen, und ich antwortete ihr erregt, alles was sie behaupte, sei, gelinge gesagt, emotionell und konfus. Sie sah mich an, stutzte, wußte für einen Augenblick nicht, ob sie über meine Antwort beleidigt sein wollte oder nicht, entschied sich dann aber doch dafür, das Gespräch abzubrechen, stand auf, ging vom Sessel herunter, lief zur Tür und wollte hinaus. Ich dachte nicht daran, ihr die Tür zu öffnen, tat so, als hätte ich ihre Repression nicht bemerkt, nahm die Zeitung und las. Natürlich konnte ich mich nicht konzentrieren, weil ich zu aufgeregt war, und also versteckte ich mich nur hinter der Zeitung, um die Katze nicht sehen zu müssen, aber sie blieb fast fünf Minuten lang vor der Tür stehen. Eine solche Situation, die sich auch noch jede Woche wiederholt, ist immer ein stummer Machtkampf zwischen ihr und mir. Die Frage ist: wer gibt nach? Diesmal war sie es, aber ich bin nicht sicher, ob sie aus Einsicht nachgegeben hat; sie stand vor der Tür, spürte, wie der Nachtwind kalt durch die Türritze einzog, drehte sich um, lehnte sich gegen den Ofen, ging zum Eisschrank, sah ihn an, ging zum Ofen zurück und setzte sich. Sie schwieg und vermied es beharrlich, mich anzusehen. Ich tat, als läse ich Zeitung. Ich fragte sie noch einmal, ob sie über Nacht bliebe, aber sie antwortete nicht; sie leckte sich die Pfote und gab vor, nichts zu sehen, nichts zu hören und stumm zu sein. Sie hat ihre Jungen tot geboren, dachte ich, sie leidet bestimmt mehr, als sie zugeben will, ich legte die Zeitung fort und sah sie an. Sie saß neben dem Ofen, leckte sich die Pfote, blickte zur Tür, als wolle sie immer noch nach draußen und wartete ab. Ihre große Stärke ist, warten zu können und Zeit zu haben. Sie läßt alles auf sich zukommen, aber im entscheidenden Augenblick kontert sie. Ehe ich hier meine Zeit vertrödele, sagte ich, lasse ich dich lieber raus.

Ich stand auf, öffnete die Tür und sah sie an. Draußen war Nacht, Stille und Kälte. Die Katze blieb am Ofen sitzen, leckte

sich die Brust und reagierte nicht. Am liebsten hätte ich sie hinausgejagt, aber wer tut das schon.
Ich ging zum Eisschrank, holte mir Brot, Butter, Käse und Wurst, stellte den Wasserkessel auf den Ofen, um mir Tee zu machen, holte mir Teller, Tasse, Messer und Löffel, Milch, Zucker, redete kein Wort und sah sie nicht mehr an. Sie saß am Ofen und tat so, als hätte sie Langeweile. Während ich aß, stand sie auf, gähnte, streckte sich, ging ins Nebenzimmer, wo ich mir im Augenblick mein Büro eingerichtet habe, kam zurück, sah sich um, als hätte sie meine Hütte noch nie gesehen, ging zum Sessel, sprang hinauf, blickte mich für den Bruchteil einer Sekunde an und machte die Augen zu. Ich aß. Ich dachte, daß es geradezu unwürdig sei, sich wegen solcher Lappalien gram zu sein, aber es sind eben stets Lappalien, weswegen wir uns auseinanderleben. Es ist uns klar, daß einer nachgeben muß, aber da sich jeder im Recht fühlt und wir beide von Natur unnachsichtig sind, verpassen wir den richtigen Moment, um uns auszusöhnen. Wir zögern unser Schweigen zu weit hinaus. Aber das ist nicht einmal das Schlimmste. Sobald einer von uns einlenkt, sieht der andere das nicht etwa als Großzügigkeit oder Selbstüberwindung an, im Gegenteil: er wittert gerade darin die Schwäche des anderen und wird in seiner Überzeugung, daß er im Recht sei, noch mehr bestärkt. Leider habe ich, was diesen Punkt betrifft, dieselbe Charaktereigenschaft wie die Katze, und wer nachgibt, will nicht auch noch gedemütigt werden. Ich hatte mich bereit erklärt, ein System auszuarbeiten, nach dem einmal ich, einmal die Katze einlenken mußte, aber sie lehnt Systeme prinzipiell ab. Ich sehe keinen Ausweg. Wir müssen anscheinend dieses unsinnige Kräftespiel miteinander austragen; es sei denn, einer von uns würde auf die Freundschaft des anderen verzichten wollen.
Diesmal lenkte die Katze ein. Es war ein dummer Satz, den sie sagte; sie meinte nämlich, der See habe kaum noch Fische. Das ist natürlich nicht wahr, aber ich verstand sie schon; ir-

gendwie mußte sie das Gespräch ja wieder in Gang bringen, und da war es gut, so neutral wie möglich zu beginnen.
So, sagte ich. Ich räumte ab, stellte die Eßwaren in den Eisschrank zurück und das Geschirr auf den Küchentisch; spülen wollte ich nicht mehr.
Sie sah mich an, und ich sah sie an. Es tat uns leid, daß wir uns zerstritten hatten. Ich nahm ihren Kopf in meine Hände, faßte sie an beiden Ohren, strich ihr mit dem Finger über die Nase. Na also, sagte ich.
Aber so einfach geht Versöhnung zwischen uns nicht vor sich. Sie mußte niesen, sah mich an und meinte, ich hätte ihr unrecht getan; schließlich könne sie nichts dafür, daß ihre Jungen tot seien. Wer, wollte ich sagen, hat denn so etwas behauptet, aber da ich sofort merkte, daß ich mich schon wieder erregte und die ganze Prozedur von vorn anzufangen drohte, schluckte ich den Satz herunter, sah sie an, versuchte zu lächeln, nein, sagte ich, sie hätte mich mißverstanden, auf jeden Fall hätte ich das nicht so gemeint. Nun war der Bann gebrochen. Sie schüttelte sich, als wolle sie so schnell wie möglich alles vergessen, stellte die Pfote auf den Tisch, und ich durfte sie nehmen. Wir hatten, jeder für sich, ein reines Gewissen, und da es schon spät war, fragte ich sie noch einmal, ob sie über Nacht bleiben wolle. Noch immer war sie unschlüssig, ich ging mit ihr zur Tür; wir schauten hinaus, die Nacht schlug uns kalt entgegen, sie spitzte die Ohren, sah in den Himmel, zog die Nase hoch und ging zum Ofen zurück. Ich schloß die Tür, denn auch ich fror, und der Fall war erledigt. Sie blieb.
Allerdings war ich müde, und ich sagte ihr, daß ich jetzt zu Bett gehen wolle. Ich brachte meine Schuhe in den Vorraum, putzte mir die Zähne, stellte den Wecker, zog mir den Schlafanzug an und sah noch einmal nach dem Ofen. Sie saß jetzt wieder im Sessel und beobachtete mich.

8

Es wurde eine unruhige Nacht; nicht zuletzt dadurch, daß ich immer wieder aufwachte, ohne zu wissen warum, und außerdem machte mich die Katze nervös. Sie hat die schlimme Angewohnheit, nur ein paar Stunden zu schlafen, um dann, als sei das eine Zwangsvorstellung von ihr, im Zimmer auf und ab zu gehen, nach etwas Eßbarem zu suchen und Milch zu trinken. Sie ist dabei durchaus nicht so leise, wie man es von Katzen erwarten könnte, und wenn sie dann meinen Astordeckel umwirft und die Milch verschüttet, ist es mit meiner Nachtruhe vorbei. Insofern schlafe ich nicht gern mit ihr. Willst du raus, fragte ich.
Sie tat, als sei sie erstaunt, daß ich wach war; dabei hatte sie es nur darauf angelegt, mich zu wecken. Ich sah auf die Uhr, es war halb drei. Ich stand auf, rüttelte am Ofen, legte zwei Briketts auf, ging zur Toilette, und als ich zurück kam, saß sie auf meinem Bett und war hellwach. Mir war nicht klar, was sie von mir wollte; wollte sie mit mir spielen, schlafen, irgendwelchen Unfug treiben, ich wußte es nicht und es war mir auch gleichgültig. Ich war müde, schob sie beiseite, legte mich wieder hin und rieb mir die Augen. Paß auf, sagte sie, und redete plötzlich auf mich ein, als wolle sie alle Verschwiegenheiten des Tages mit einem Mal nachholen, und, sagte sie, die Jungen, die tot zur Welt gekommen sind, die waren von meinem Urenkel; mein Urenkel lebt sei einem halben Jahr auf dem Weißer Hof direkt am See unten, ich mag ihn recht gern, aber er hat sich zu sehr ans Haus gewöhnt, im Winter gehe er kaum noch vor die Tür, und das verweichliche ihn natürlich, aber einmal, sagte die Katze, wenn er älter werde, komme er schon noch dahinter, doch dann würde es zu spät sein, zu spät für ein Leben nachts auf dem Felde, unten am See, draußen im Schnee, aber er sei trotzdem ein lieber Kerl, ihr Urenkel, und

darum sei er schon im vorigen Jahr ihr Mann geworden, und jetzt sei er ihr Urenkel, ihr Mann, der Vater ihrer lebenden und ihrer toten Jungen, der Vater ihrer nächsten Jungen, der Stiefvater seiner Mutter, Urenkel und Vater zugleich, Mann, Neffe, Bruder, Schwager: alles in einer Person und bei allem ein ansehnlicher Kerl.
Ich ließ sie reden. Ihre Verwandtschaftsverhältnisse gehen mir immer wieder auf die Nerven. Irgendwann bin ich wohl eingeschlafen. Am nächsten Morgen, als ich aufwachte, lag sie neben dem Ofen, und ich dachte, sie schliefe noch. Ich stand auf, zog mir die Pantoffeln an, es war kalt in meiner Hütte, ich ging zur Tür, sah hinaus, Nebel lag auf dem See, und diesen Moment nutzte sie, um wegzulaufen.

9

Nurmi hatte geschrieben.
Ich war gerade beim Diktat, als der Postbote kam. Meine Kölner Firma hatte mir ein diffiziles und auch kompliziertes Projekt zur Begutachtung gegeben; aus den Plänen geht hervor, daß man beabsichtigt, Staad und Meersburg durch eine Brücke zu verbinden, und der Bodensee ist an dieser Stelle immerhin 6,7 Kilometer breit; die notwendigen Zwischenpfeiler machen mehrere Brückenöffnungen erforderlich, die statischen Berechnungen sind schwierig.
Nurmi schrieb, ob wir uns nicht einmal treffen könnten. Es sei ihm im Augenblick zu weit, ins Dorf zu kommen; außerdem wünsche er nicht, mit den Leuten vom See allzu engen Kontakt zu bekommen. Die Tatsache, daß er rückwärts lebt, steigert natürlich seine Komplexe, und ich schlug ihm vor, daß wir uns für Donnerstag nächster Woche im Café Reutte in Lindau verabreden wollten. Zwei Tage später rief er in meinem Büro an, sagte, daß er einverstanden sei und sich auf die Begegnung freue.
Ich hatte monatelang den See nicht mehr verlassen. Bauer Greiff fuhr mich zum Bahnhof, machte sich, wie immer, Sorgen um seinen Sohn, und als ich im Zug saß, hatte ich plötzlich Angst; ich bildete mir ein, daß ich nie mehr zum See zurückkommen würde. Man weiß ja nicht, was Angst ist, wie sie aufkommt und wodurch man sie überwindet, und Beruhigungstabletten oder die stramme Aufforderung, sich zusammenzunehmen, helfen ja nicht. Die Angst packt einen, sie kündigt sich nicht an und sie begründet nicht, warum sie einen wieder los läßt, und weil sie kein durchschau- und begreifbares Motiv hat, läßt sie sich kaum bekämpfen. Sie hat vieles gemein mit dem Tod. Auch er kündigt sich nicht an, auch er packt zu, ehe das Opfer überhaupt begreift, was mit ihm geschieht, und da

auch der Tod ohne Motiv handelt, wird man ihn nie begreifen. Die Landschaft war einsam. Es war Ende Oktober, der Herbst war kalt; das Vieh war nicht mehr auf den Weiden, und die Bauernhäuser sahen aus, als stünden sie leer. Manchmal lehnte ein Mensch an der Haustür oder ging zum Stall, und man wunderte sich, daß es ihn gab. Man sieht ihn, kennt ihn nicht, weiß, daß man ihn nie wiedersehen wird und möchte trotz allem gern wissen, was in ihm vorgeht.

Je näher der Zug an Lindau herankam, desto mehr Nebel zog auf. Ich saß allein im Abteil und war froh darüber. Das Abteil war warm, ich rauchte, dachte an Köln, an meine geschiedene Frau, von der ich seit über einem halben Jahr nichts mehr gehört hatte, an meine Tochter, an mein Büro, an meine Sekretärin, die – und das fiel mir jetzt zum erstenmal auf – anscheinend keinen festen Freund hatte, aber ich hing diesem Gedanken nicht nach; ich ließ allen meinen Gedanken freien Lauf, und wenn man das tut, ist man eigentlich immer überrascht, wie schnell die Zeit vergeht. Ich bin gern am Bodensee, die Angst war verschwunden, ich freute mich, Nurmi wiederzusehen.

Vom Bahnhof ging ich gleich ins Café Reutte. Es sind nur ein paar Schritte bis dorthin, und da ich wußte, daß Nurmis Zug erst in zwanzig Minuten eintreffen würde, bestellte ich ein Glas Tee mit Milch und holte mir die Süddeutsche Zeitung. In der Spalte »Streiflicht«, die ich regelmäßig lese, wurde Höfers »Frühschoppen« kritisiert; er ließe seine Gesprächspartner nicht ausreden, hieß es, und immer dann, wenn es interessant würde, bräche er ab oder wechsle das Thema. Ein Leser hatte diese Behauptung mit dem Hinweis verworfen, eine amerikanische Zeitschrift hätte Höfer zu einem der besten Fernsehjournalisten der Welt proklamiert. Ich kann das nicht beurteilen, ich sehe nicht fern; nicht aus Prinzip, wie das manche Leute tun, sondern einfach deshalb, weil ich viel und gern lese und das Radio nach wie vor für eine gute und vollkommen ausreichende Einrichtung halte. Bis auf drei Tische war das

Café leer. Ich legte die Zeitung fort und wartete auf Nurmi. Er hatte sich nicht verändert; wenn überhaupt, so war er etwas schlanker geworden, und die vor Jahren grauweißen Haare hatten jetzt eine dunkelbraune Farbe angenommen. Wir begrüßten uns etwas förmlich, jedenfalls ohne besondere Herzlichkeit, Nurmi bestellte sich ein Kännchen Kaffee, und es dauerte mehrere Minuten, bis wir die ersten Worte fanden. Vom See gäbe es nicht viel zu berichten, sagte ich, die Bauern hätten jetzt mehr Zeit als im Sommer, bald müsse der erste Schnee fallen, seit einer Woche sinkt die Temperatur nachts auf drei oder fünf Grad minus. Er hörte zu, aber es interessierte ihn nicht; er schenkte sich Kaffee ein, trank, nahm eine Zigarette, zündete sie an. Der Ober in der Ecke sah manchmal zu uns herüber.

Offenbar hatte er angefangen zu rauchen, aber ich erwähnte es nicht. In leeren Cafés steht die Zeit scheinbar still. Man erinnert sich, was gestern war, überlegt, was morgen sein könnte, aber die Gegenwart existiert nicht. In Wartesälen weiß man immerhin, worauf man wartet; in leeren Cafés wird die Zeit überbrückt, man will sie nicht wahrhaben, man leugnet sie, aber die Zeit läßt sich nicht verleugnen, sie mißt. Und sie mißt nicht nach abstrakten Minuten, sondern nach erfüllten Momenten.

Wenn man rückwärts lebt, sagte Nurmi, lebt man gegen die Zeit, und man weiß von vornherein, daß man verloren ist.

Er merkte, daß ich ihn nicht gleich verstanden hatte, sah mich mit trüben Augen an, gerade so, als sei es vertane Zeit, sich mit mir zu unterhalten, doch da ich nicht wollte, daß er wieder in sein Schweigen zurückfiel, fragte ich ihn, wovor er sich denn fürchte. Er überlegte. Furcht, sagte er dann, sei nicht das richtige Wort, denn man fürchte sich ja meistens ohne Grund, man wisse nicht, warum. Ihm aber sei die Zeit gesetzt. Er wisse auf die Minute genau, wie lange er noch zu leben habe, 51 Jahre und 114 Tage nämlich, viel Zeit zwar, aber wie füllt man sie aus? Der Tod fällt weg, den hat man hinter sich, und insofern sei es nicht nur schwer, an irgend etwas zu glauben: man muß auf den Glauben verzichten. Der Lebenslauf steht fest, auf die Minute terminiert, und alles ist erst zu Ende, wenn man letztendlich in den Mutterleib hineingeschoben wird, immer winziger wird, sich auflöst und verschwindet. Nurmi winkte dem Ober, fragte nach Zigaretten, ich bestellte mir einen Asbach.

Für ihn, sagte er, habe Religion keinen Zweck. Wenn es einen Gott gäbe, habe der seine Schuldigkeit getan; der sogenannte Gott habe ihn auferweckt und lasse ihn nun leben. Religiöse Gefühle und Gedanken, sagte Nurmi, seien für ihn nichts anderes als zufällige Impressionen, die man irgendwann und ebenso zufällig für tabu erklärt hätte. Für ihn sei die Zukunft eine beschlossene Sache, kein Gebet ändere etwas daran, und alles, was er je im Leben tun würde, könne nie durch den Glauben, immer nur aus Einsicht bewirkt werden. Seine moralischen Pflichten seien keine göttlichen Gebote, sein Wille kenne keine Idee und keine Ideale, seine Wahrheit sei nichts als bloße Wirklichkeit, Freiheit gebe es nicht für ihn; er wußte nicht, was Hoffnung ist, und die Chance auf Erlösung war ihm nicht gegeben. Sein Schicksal war beschlossen, und er konnte es nur bewältigen durch Vernunft.

Zwei Tische weiter hatte ein nicht mehr ganz junges Paar Platz genommen. Ich schätze den Mann auf Mitte Vierzig, die Frau auf Ende Dreißig. Die Frau hatte verweinte Augen, der Mann schwieg. Er trank Bier, sie Kaffee. Sie wirkten auf mich wie ein Ehepaar, das keine Worte mehr hat, um sich noch einmal näher zu kommen, und ich dachte an meine eigene Scheidung. Man überwindet das. Aber auch für solche Situationen ist gerade das Café der richtige Ort.

Nurmi schwieg. Seine Kaffeetasse war halb leer, der Kaffee kalt. Er drehte die Tasse hin und her, und da ich ihn ablenken wollte, fragte ich ihn, wie es seiner Frau ginge.

Er sei zufrieden, sagte er.

Aber, fragte ich, ob er sich denn allmählich an sie gewöhnt

habe, ob sie jünger geworden sei, wie sie denn aussehe, ob er angefangen hätte, sie zu lieben, wie sie lebten, wie sie miteinander auskämen, was sie sich zu sagen hätten.

Man macht die Erfahrung, daß Menschen immer dann redselig sind, wenn sie ihre eigenen Probleme besprechen wollen, und sogleich wortkarg werden, sobald andere mit Fragen, mit Interesse oder mit bloßer Neugier an sie herantreten, und auch Nurmi tat meine Erkundigungen nach seiner Frau ab mit dem kurzen Hinweis, alles ließe sich gut an.

Ich stopfte meine Pfeife, sah hinüber zu dem Paar zwei Tische weiter, beobachtete, wie die Frau die Hand des Mannes nehmen wollte, aber er zog sie zurück, nahm sein Bierglas und trank; ich zündete die Pfeife an, Nurmi schwieg.

Er sehe zu schwarz, meinte ich. Mir war klar, daß er andere Probleme hatte als ich, umgekehrte Probleme, aber auch mit ihnen muß sich ja fertig werden lassen. Der Mensch, meine ich, sieht sich im Leben eigentlich immer wieder vor eine Aufgabe gestellt: der Angleichung von Theorie und Praxis. Natürlich kann man behaupten, was sich in der Praxis als falsch erweise, habe seine Fehlerquelle stets in der Theorie; insofern existiere gar kein Unterschied zwischen beiden. Prinzipiell ist das richtig; aber die Pläne, die sich der Mensch macht, sind nur selten praktikabel, er baut Luftschlösser, und in Schlössern aus Luft läßt sich nicht wohnen. Ich sitze in meinem Büro tagaus, tagein über Planskizzen, die zwar durchdacht sind und akkurat aussehen, nur: sie funktionieren nicht. Was einer entwirft oder lehrt, muß sich verwirklichen oder erfüllen lassen, sonst degradiert er sich zum Schwindler. Wer eine Idee hat, weiß natürlich, daß sie noch keine Realität ist, aber die Vernunft gebietet ihm, seine Idee realisierbar zu machen; andernfalls wäre sie doch nur ein Hirngespinst.

Ich fragte Nurmi, was er für die nächste Zukunft plane.

Nichts, sagte er. Er würde am Abend wieder nach Hause fahren, seine Frau treffen, ihr mit ein paar Worten sagen, was er erlebt hätte, etwas essen, Zeitung lesen, fernsehen, zu Bett gehen, einschlafen und abwarten. Aber, sagte er, er würde sich freuen, wenn ich ihn einmal besuchte; allerdings lebe seine Frau noch zurückgezogener als er, sie sei wortkarg und menschenscheu, und man müsse das ja auch verstehen. Sie lebten am Rande der Gesellschaft, sagte er, Mitmenschen zwar, aber Außenseiter.

Und dann die Angst. Die Angst, jung werden zu müssen; eine Mutter vorzufinden, die einen nicht mag, die man selber nicht leiden kann, die einen schlecht behandelt; nichts ändern zu können; nicht zu wissen, was vor dem Tod passiert ist; nicht die Möglichkeit zu haben, den Freitod zu wählen; leben müssen mit der Endstation, ein Kind zu sein; alles zu wissen, um alles zu verlernen.

Der Ober kam, fragte, ob er noch etwas bringen solle. Nurmi bestellte Kaffee, ich einen zweiten Asbach. Das Paar zwei Tische weiter war gegangen, ohne daß ich es gemerkt hatte.

Was geschieht, fragte Nurmi, wenn ich nach der Hochzeit meine Frau aus den Augen verliere und sie dann nie mehr wiedersehe? Er schwitzte auf der Stirn und am Hals, er hatte Angst.

Seine große Chance, sagte ich, sei die Vernunft. Er müsse seine Gefühle, seine Leidenschaften, seine Glaubensreste abbauen und sich tagtäglich fragen: Was kann ich wissen? Was soll ich tun? Was darf ich hoffen? Nach diesem Prinzip, meinte ich, könne er leben.

Ist Ihr Leben vernünftig oder meines, fragte er.

Vernünftig ist jedes Leben, erwiderte ich.

Wir schwiegen wieder. Mir fiel, ich weiß nicht warum, die Redewendung ein: Es ist immer später als du denkst, doch auch sie traf auf Nurmi nicht zu. Zweifellos war es ein wichtiges Problem für ihn, mit dem Phänomen Zeit auf andere Art fertig zu werden als etwa die Katze oder ich. Aber wie? Er rauchte wieder eine Zigarette; man merkte ihm an, daß er noch kein Gewohnheitsraucher war, denn er hielt die Zigarette unbeholfen zwischen den Fingern und qualmte nur vor sich hin. Ich

hatte das Gefühl, als sähe ich ihn an diesem Tag und in diesem Café zum letztenmal, und er käme nicht mehr zum See, im nächsten Sommer nicht und nie mehr.
Er drückte die erst halb aufgerauchte Zigarette im Aschenbecher aus, blickte auf die Uhr, sah mich an, versuchte mir zuzulächeln und sagte, wenn er den nächsten Zug noch erreichen wolle, müsse er bald aufbrechen. Ich fragte ihn, wann wir uns denn wiedersähen, und er antwortete, spätestens im nächsten Sommer, das sei doch selbstverständlich.
Er sah wieder auf die Uhr, seine Hand zitterte ein wenig. Für ihn war dieser Vorgang natürlich ein aufregendes Ereignis, das war mir klar. Mit jeder Minute, jeder Stunde, jedem Tag verkürzte sich sein Leben, und auf einem Kalender hätte er die Tage abstreichen können, wie das die Zuchthäusler tun oder die Kinder vor Weihnachten; wieder ein Tag weniger, wieder ein Jahr vorbei, aber schnell wird man fünfzig, zehn Jahre später vierzig, schon bald ist Hochzeit, die Studentenjahre beginnen, die Schule fängt an, die Kindheit bricht herein ... Natürlich mahnt die Uhr uns alle; aber Bauer Greiff, die Katze oder ich haben den Trost, das Ende nicht zu wissen, ein natürlicher Egoismus läßt uns hoffen, wir haben den Glauben, alt zu werden, und wenn uns die Frau oder ein Kind oder ein Freund stirbt, können wir für Abhilfe sorgen. Ich half ihm in den Mantel, und wir gingen zum Bahnhof. Wir ließen uns Zeit.
Bevor sein Zug einlief, gingen wir auf dem Bahnsteig auf und ab, wußten nicht, was wir noch miteinander reden sollten, und nur als ich ihm sagte, er möge seine Frau grüßen, bat er mich, den Leuten vom See nichts von unserem Treffen zu sagen, es sei ihm lieber so. Der Zug kam, er stieg ein, öffnete das Fenster, winkte mir zu, ich winkte zurück, der Zug verschwand, ich war allein. Ich ging in den Wartesaal, trank einen Asbach, den dritten, registrierte ich, aber ich habe früher viel mehr getrunken und auch mehr vertragen, und außerdem hing ich in Gedanken unserem Gespräch nach. Wenn ich damals, dachte

ich, nicht den Entschluß gefaßt hätte, meinem Kölner Büro den Rücken zu kehren, um ganz am See zu bleiben, dann wäre auch Nurmi für mich eine Sommerbekanntschaft geblieben, eine Zufallserscheinung, alles, dachte ich, wäre anders geworden, aber ich wußte nicht, wie anders, und erst als ich zahlen wollte, merkte ich, daß sich ein Mädchen an meinen Tisch gesetzt hatte, obschon der Nebentisch frei war, und mich plötzlich fragte, ob auch ich den Zug nach München nähme. Ich war so überrascht, daß ich die Wirklichkeit nicht begriff; ich sah sie an, wollte etwas sagen, doch ehe ich antworten konnte, bat sie mich, sie mitzunehmen; sie habe kein Geld mehr, aber sie wolle nach Hause.

Nicht selten kommen die Dinge so schnell auf einen zu, daß man von ihnen überrannt wird. In ein paar Minuten fuhr mein Zug, wir gingen zum Schalter, ich kaufte ihr eine Fahrkarte nach München, und wir mußten uns beeilen, den Zug zu bekommen. Erst im Abteil sah ich sie richtig an; sie schwieg und sah an mir vorbei. Sie war siebzehn, höchstens achtzehn.

Es ist mir unangenehm, Menschen anzusprechen oder gar auszufragen. Sie sah nicht aus wie jemand, der sich herumtreibt, aber das Aussehen eines Menschen kann ja täuschen, und ein bedeutender Berliner Kriminalkommissar hat einmal behauptet, alle seine Mörder hätten ausgesehen wie junge Mädchen; wir saßen im Abteil, die Deckenbeleuchtung zitterte, die Räder ratterten in immer gleichem Rhythmus, und nur in einer Kurve oder wenn der Zug andere Geleise kreuzte, änderten sie ihren Takt. Ich sah das Mädchen an, sie sah mich an, wir waren allein, draußen war die Nacht, die Deckenbeleuchtung zitterte, wir saßen im Halbdunkel, hörten unseren Atem und wagten es nicht, uns zu bewegen, und solche Nachtfahrten, das habe ich immer wieder erlebt, erzeugen ganz ungewöhnliche Sehnsüchte, die Lust auf Liebe oder die Vorstellung, ein Verbrecher, ein Mörder, ein Kriminalkommissar zu sein, man lebt im Halbtraum dahin und spürt doch alles viel bewußter, viel extremer, und erst kurz vor Ankunft des Zuges,

fünf Minuten, ehe man aussteigen muß, findet man, wenn auch langsam, wieder zurück in die Wirklichkeit, obschon man sich auch dann noch fragt, warum man mit dem Mädchen nicht gesprochen hat, sie nicht geküßt hat, sie nicht geliebt hat, ihr Parfüm ist im Abteil, vielleicht, sagt man sich, war sie auch eine gesuchte Verbrecherin und man hatte es nicht herausbekommen, nicht einmal bemerkt, aber die Träume bleiben im Zug zurück, sobald man aussteigen muß, und kurz bevor der Zug hielt, sagte ich ihr, daß ich am Ziel sei. Sie sah mich an. Sie hatte große dunkle Augen und einen zu blassen Mund. Für einen Augenblick überlegte ich, ob ich nicht mit ihr weiterfahren sollte bis nach München, ich hätte nichts versäumt, aber ich ließ es. Sie sah mich immer wieder an, und plötzlich fragte sie, ob ich ihr meine Adresse geben wolle. Natürlich, sagte ich, ehe ich wußte, was ich sagte, gab ihr meine Visitenkarte und stieg aus. Sie saß noch immer in der Ecke des Abteils, hielt das Fenster geschlossen und hob nur die Hand zum Gruß. Ich wartete noch bis der Zug abfuhr.
Ich fror. Niemand war mit mir ausgestiegen. Die Luft roch nach Schnee, der Bahnhof nach Ruß, nach Abfällen und nach abgestandenem Leben; um zum See zu kommen, mußte ich mir ein Taxi nehmen, und das ist immer eine teure Angelegenheit. An die Fahrt und auch an den Taxifahrer kann ich mich nicht mehr erinnern; ich weiß nur noch, daß der See nicht einmal ahnbar war, so sehr hatte ihn die Dunkelheit verschluckt. Ich ging zur Hütte, öffnete die Tür, aber bevor ich den Mantel ablegte, sah ich noch nach dem Ofen. Er war aus. Ich mußte wieder hinaus, holte mir aus dem Schuppen hinter meiner Hütte Holz und Briketts, machte Feuer, sah auf die Uhr, zog mir den Mantel aus, rieb mir die Hände warm, ging zum Eisschrank, machte mir ein Brot und wunderte mich, daß ich überhaupt nicht müde war. Obschon ich am nächsten Tag zu arbeiten hatte, holte ich mir noch die Steinhägerflasche aus dem Eisschrank und trank. Ich saß im Sessel, dachte über den Tag nach, draußen war Stille, und als der Ofen plötzlich kni-

sterte, erschrak ich ein wenig, ein scheinbares Frieren zog durch meine Haut vom Rücken bis hinauf in den Nacken, aber dieses Frieren machte mich erst richtig warm, ich war froh, wieder am See zu sein, in meiner Hütte, ich schenkte mir noch einen Steinhäger ein, dachte an das Paar im Café Reutte, an das Mädchen im Zug, das bald in München sein mußte, und ehe ich einschlief, bildete ich mir ein, die Katze säße im Zug und das Mädchen kratze an der Tür, aber das war natürlich ein dummer Gedanke; hoffentlich hatte ich die Hüttentür abgeschlossen. Man vergißt immer das Nächstliegende.

10

Wir hatten unseren freien Tag, und ich ging durchs Dorf. Es ist manchmal notwendig, die Bauern zu besuchen, sich hier eine Stunde zu unterhalten, eine andere dort, zu fragen, ob das Vieh gesund sei und wann der Milchpreis wohl erhöht würde, aber man muß solche Besuche miteinander abstimmen, denn wenn man den einen zu oft besucht, fragt sich der andere gleich, warum man gerade ihn benachteilige oder gar vernachlässige, und da sich im Dorf nichts geheimhalten läßt, muß man vorsichtig sein. In der Stadt habe ich mir aus der Meinung anderer nie etwas gemacht, die Menschen, sogar die Nachbarn, sind mir immer ziemlich gleichgültig gewesen; am See ist das anders. Hier will man wissen, mit wem man es zu tun hat, ob er zu einem paßt und ob man ihm trauen kann, und ich verstehe die Leute vom See auch. Sie haben es nicht nötig, sich mit jedem abzugeben, sie haben ihr Haus, ihren Hof, ihr Vieh, ihre Weiden und ihren See, und wer sich nicht einfügt in ihre Welt, den lehnen sie ab, und sie machen ihm das Leben schwer. In der Stadt läßt sich anonym leben, es ist leicht unterzutauchen. Am See weiß jeder von jedem alles. Die Stadt bietet jedem etwas, der See keinem mehr, als er unbedingt braucht.
Man kann sich entscheiden.
Auf dem Weg zum Friseur, bei dem ich um halb zwölf angemeldet war, traf ich Bauer Weiß; er hat seinen Hof unmittelbar am See, und der Urenkel der Katze gehört ihm. Er ist ein schwarzer ziemlich draufgängerischer Kater, die Weißens haben ihn nach ihrem Sohn Peter genannt. Bauer Weiß wollte zum Dorfkapellchen, um eine Banklehne zu reparieren; wenn er es nicht täte, meinte er, kümmere sich ja doch keiner darum, und während wir auf der Dorfstraße standen, fragte er mich, ob meine Arbeit gut voran ginge, mein Büro im Win-

ter nicht zu klein sei, aber, nicht wahr, im Sommer hätte ich dafür umso mehr Platz; das Wetter sei ihm nicht ganz geheuer, sagte er und sah dabei in den Himmel, in zwei Tagen hätten wir Schnee, ich solle ihn beim Wort nehmen.

Ich ging zum Friseur, aber ich war zu früh; vor mir war noch ein Kind dran, ich kannte es, wußte jedoch nicht, wem es gehörte. Ich setzte mich, nahm mir eine Illustrierte, aber noch ehe ich sie aufschlagen konnte, redete der Friseur auf mich ein. Er redete vom Wetter, von der Politik, von den Preisen, und obwohl er mich zwischendurch immer wieder fragte, welcher Meinung denn ich sei, ließ er mich gar nicht zu Wort und zu einer Meinungsäußerung kommen, sondern gab sich die Antwort gleich selber, und um sich gleichsam zu bestätigen, sagte er nach jedem dritten Satz: Ja, habe ich denn nicht recht? Es gibt tatsächlich Berufe, die den Menschen prägen, und wie es keine geschwätzigen Fischer zu geben scheint, so muß ein stummer Friseur wohl erst noch geboren werden.

Er schnitt mir die Haare und redete auf mich ein. Er teilte mir nichts mit, was mich interessiert hätte, und ich nahm an, daß er jedem dasselbe erzählt. Er kannte den Text auswendig und redete deshalb viel zu schnell; Sonntagmorgens dagegen, wenn er in der Dorfkneipe sitzt und sein Bier trinkt, kann er nicht den Alleinunterhalter spielen, spricht ganz normal und benimmt sich auch sonst anders.

Ich zahlte. Man sieht Sie nie am See, sagte ich.

Nein, meinte er, die viele Arbeit, Kunden nach Dienstschluß, Sorgen und so.

Und im Sommer?

Dann schließe er sein Geschäft, mache für 14 Tage Betriebsferien, und dann wolle er mal raus, weg vom See, das müsse man doch verstehen und ob er denn nicht recht habe, und meistens führe er nach München zu einer Bekannten, aber ich solle den Leuten vom See nichts davon erzählen, das müsse unter uns bleiben, meinte er, und ich gab ihm sein Trinkgeld.

Er begleitete mich zur Tür, machte einen Diener wie ein Lakai und schloß die Tür hinter mir ab. Die Tür klingelte.
Gleich neben dem Frieseur wohnt der Lehrer. Sooft wir uns sehen, streiten wir uns; wir haben das dickköpfige Talent, über alles zu disputieren, und sollte der eine merken, daß der andere wirklich einmal seiner Meinung ist, so kippt er gleich um und nimmt sofort die Gegenposition ein. Der Lehrer ist kein frommer Mann, ich bin keiner, aber jeder von uns würde den lieben Gott bis aufs Blut verteidigen, sobald der andere behauptete, Gott existiere nicht. Ob der Lehrer diese Behauptung aufstellt oder ich, ist dabei gleichgültig; Hauptsache ist für uns, daß wir anderer Meinung sind. Der Lehrer schien nicht zu Hause zu sein, vielleicht gab er Nachhilfestunden. Es war, wenn ich nicht irre, viertel nach zwölf.
Ich hatte nichts vor, aber es ist mir unangenehm, um die Mittagszeit Besuche zu machen. Die Leute wissen, daß ich mit der Katze allein lebe, und wenn ich kurz nach zwölf bei einem von ihnen hereinschaue, meinen sie immer, ich wolle mich zum Essen einladen. Ich will das überhaupt nicht; durch meine vernünftige und für die Leute vom See etwas ungewöhnliche Arbeitszeit habe ich das rechte Maß verloren, wann man Kaffee trinkt, Mittag macht oder zu Abend ißt, und ich hatte auch gar keinen Hunger. Die Dorfstraße war leer. Ich ging zum See hinunter, er war unruhig; lediglich zwei Haubentaucher schwammen vorbei. Haubentaucher tun immer so, als ob sie einem Polizisten davonliefen; ihre Eile ist geradezu kriminell. Ein Mann ging an mir vorbei, grüßte, aber ich kannte ihn nicht, und obschon ich lange darüber nachdachte, wer er wohl gewesen sein könnte, kam ich nicht darauf; aus dem Dorf war er jedenfalls nicht. Plötzlich fiel mir ein, daß meine Sekretärin mich noch nie ihren Eltern vorgestellt hatte, obwohl sie nur zwei Dörfer entfernt wohnten und zu einem kalten Abendessen wäre ich bestimmt einmal hingegangen.
Gleich neben dem Bootshaus saß eine Katze am Ufer und wartete auf Fische. Aber es war nicht meine.

Auf dem Weg zurück ging ich noch beim Gemischtwarenhändler vorbei, bestellte meinen Tabak, Mixture 965, denn den hat der Händler nie auf Vorrat liegen, kaufte ein Landbrot und eine Büchse Thunfisch und ging nach Hause. Bauer Greiffs Sohn rannte an mir vorbei, trat mir aus Laune, Übermut oder Zorn gegen das Schienbein, rannte weiter, kam aber noch einmal zurück, um mich zu fragen, ob ich einen Bonbon für ihn hätte, und als ich verneinte, rannte er weiter. Dabei stimmte er ein Geheul an, als spiele er Indianer.
Ich ging zur Hütte.
Inzwischen mußte der Lehrer nach Hause gekommen sein, denn er lief hinter mir her, rief nach mir, und ich blieb stehen. Er habe mich am See spazierengehen sehen, sagte er, so gut wie ich möchte er es auch einmal haben und wann ich eigentlich arbeite. Wenn er noch einmal auf die Welt käme, sagte er, aber ich ließ ihn nicht weiterreden und fiel ihm mit der Bemerkung ins Wort, Gott würde das zu verhindern wissen. Er war zunächst etwas sprachlos, und diesen Moment kostete ich aus und sagte, so dumm wie ich aussähe, sei ich eben nicht. Aber der Lehrer ist ein schlagfertiger Mann, er grinste und erwiderte, es wäre auch kaum auszudenken, wenn ich tatsächlich so dumm wäre, wie ich aussehe.
Wir lachten. Wir streiten uns nur deshalb, weil wir uns respektieren und mögen. Der Lehrer ist ungefähr vierzig, hat ein pfiffiges, rundes Gesicht, die Kinder lernen etwas bei ihm, und seine Frau wird von den Bäuerinnen vor allem wegen ihres Gartens beneidet. Sie ist eine große, etwas korpulente Frau, und die Leute meinen, der Lehrer hätte zu Hause nicht viel zu bestellen. Aber darin irren sie. Der Lehrer hat seinen eigenen Kopf, und was er nicht freiwillig tut, das tut er überhaupt nie und schon gar nicht zu Hause.
Er käme in den nächsten Tagen einmal vorbei, sagte er, im Augenblick hätte er nur eine Frage: ob ich nicht in seiner 6. Klasse einmal von Köln erzählen könnte, vom Dom, den Römern, den alten Kirchen und dem Wiederaufbau, und

während er auf mich einredete, dachte ich, daß mich dieses Köln wohl zeitlebens nicht mehr losläßt, aber ich sagte ihm zu. Er konstatiere ganz neue Züge bei mir, sagte er, weil ich ihm nicht widersprochen und seinen Vorschlag nicht abgelehnt hätte, bedankte sich, sagte, ich würde von ihm hören, und wir gingen auseinander. Ich ging zur Hütte.
Ich mußte noch Eier holen bei Bauer Greiff, aber ich wollte mich zuvor etwas aufwärmen. Die Hütte war gut warm. Es ist ein schönes Gefühl, nach Hause zu kommen, warm zu werden, zu denken: dieser Platz, dieser Raum, diese Hütte ist mein, und je kleiner und wärmer das Eigentum ist, desto mehr ist es einem wert. In Schlössern friert man, und die Bungalows sehen immer aus, als seien sie austauschbar; eigentlich könnten ihre Besitzer von einem Bungalow in den anderen umziehen, ohne sich zu verändern, und wenn ich es mir überlege, würden sie diese Veränderung nicht einmal bemerken. Sie würden in einem fremden Haus aufwachen und meinen, es sei ihr eigenes. So betrachtet, bin ich kein Kapitalist. Ich will kein Kapital, ich kann nicht einmal damit umgehen, es würde mich unfrei machen. Die Kommune behagt mir allerdings auch nicht; es gibt Personen und Dinge, die ich nicht teilen möchte: eine Frau zum Beispiel oder die Katze oder die Hütte. Was aber ist gerecht? Gerecht ist, hat man gesagt, was dem Volke nützt. Gerecht ist, behauptet man, was gottgefällig sei. Gerecht ist, heißt es, was dem einzelnen, einer Clique, dem Volk, was allen nützt... Ist es das? Wenn ich nicht irre, so gibt es nur eine Maxime: *nichts tun zu müssen.* Die Leute vom See kriegen das ganz gut hin. Sie reden zwar immer davon, daß sie unzufrieden seien, aber solange man noch darüber redet, ist man eben doch zufrieden; erst der Krebskranke, der Arbeitslose, der Sterbende hat weder die Zeit noch die Geduld, über Unzufriedenheiten auch noch nachzudenken.
Ich sah aus dem Fenster und beobachtete, wie Bauer Greiff zum Stall ging. Ich hatte ihn tagelang nicht mehr gesehen, obschon es von seinem Hof bis zu meiner Hütte kaum fünfzig

Schritte sind. Aber Bauer Greiff hat eine der besten Eigenschaften, die es gibt: er ist niemals aufdringlich. Wenn er mich besucht, erkundigt er sich vorher, ob mir sein Besuch auch passe, und sollte er wirklich einmal unaufgefordert kommen, hält er sich nie länger als fünf Minuten auf. Er trinkt einen Steinhäger, raucht eine Zigarette und geht wieder. Er ist einer der wenigen Menschen, die alles rauchen: Pfeife, Zigarren und Zigaretten, unb bis vor zwei Jahren hat er auch noch gepriemt. Ich ging hinüber zum Stall und begrüßte ihn.
Er hatte eine Kuh schlachten müssen. Sie habe dicke Eiterbeulen gehabt, sagte er, sie sei immer mehr abgemagert, aber der Tierarzt habe keine Seuche feststellen können. Nun hat er die Kuh verloren, den Arzt bezahlen müssen, die Kälber von diesem Jahr waren ohnehin verkauft, und natürlich mußte er nun mit weniger Einnahmen rechnen, denn zehn Liter pro Tag, sagte er, hätte die Kuh gut und gern noch abgegeben, und zehn Liter Milch pro Tag sind Geld, das kann man nicht mit einer Handbewegung abtun, natürlich nicht, aber er käme schon durch, sagte er und entschuldigte sich, daß er mich mit seinen Sorgen belästige. Für mich sind seine Sorgen eminent. Andere ärgern sich über den Chef oder eine Sekretärin, sie verlieren die Laune oder den Mut, sie regen sich auf und wieder ab; aber eine Kuh, die geschlachtet werden muß, nagt an der Substanz und rüttelt an der Existenz. Es täte mir leid, sagte ich, aber Bauer Greiff bog das Gespräch ab; es würde schon wieder werden und ob ich einen Wunsch hätte.
Ich komme wegen der Eier, sagte ich.
Ja, die lägen bereit.
Und was sie kosten.
Wie immer: 20 Pfennig das Stück.
Es ist kalt.
Bald hat's Schnee.
Wird's ein langer Winter?
Glaub' nicht.
Was macht der Sohn?

Na ja. Man hat schon seine Sorgen mit ihm. Aber man hat ihn gern.
Kommt bald in die Schule.
Mein Gott, das wird was werden.
Und die Frau?
Soweit ganz gut.
Man sähe ihn nur noch selten beim Fischen.
Leider. Aber das Schindeln bringt mehr ein, Geld braucht man immer, und der See hat nicht mehr so viel Fische wie früher.
Keine Aussicht, mal Urlaub zu machen?
Das wär' was. Aber wann und wie und wohin? Vielleicht reicht es mal bis Mainau; schon der Frau und der Kinder wegen, aber natürlich im Sommer.
Im Sommer habe er noch weniger Zeit.
Na ja. Aber irgendwann ließe sich das doch einmal arrangieren.
Wir gingen in die Milchküche, und er gab mir die Eier. Ich hatte kein Geld bei mir, aber, meinte Bauer Greiff, das habe doch Zeit, so sei es nun wieder nicht, noch nage er nicht am Hungertuch, nein, sagte er und lachte, bot mir eine Zigarette an, aber seit ich von Köln fort bin, rauche ich nur noch Pfeife, und plötzlich fiel ihm wohl wieder ein, daß ich seit Monaten eine alte Bauerntruhe suchte, um meine Büroakten zu verstauen, und, sagte er, die suchen Sie doch noch immer?
Haben Sie eine, fragte ich. Tatsächlich hatte ich ihn einmal nach einer solchen Truhe gefragt, denn die Akten müssen irgendwie verstaut werden, und für Regale habe ich in der Hütte keinen Platz.
In Weiler, sagte er, gäbe es einen verarmten Viehhändler, der Bauerntruhen »auf alt« trimme, aber er sei ein alter Mann, etwas beschränkt und nicht ganz richtig im Kopf, und seine Familie würde von allen Bauern gemieden, es seien Eigenbrötler, Sektierer, sie gingen nicht einmal zur Kirche, huldigten irgendeinem Aberglauben, er wisse nicht welchem, aber,

sagte Bauer Greiff, damit hätte ich ja nichts zu tun, und ich sollte doch einmal hingehen, vielleicht fände ich das, was ich suchte. Ich kannte die Leute nicht, wußte nicht einmal, wo der Hof lag, obschon der Ort nur fünf Kilometer vom See entfernt ist. Insofern war ich überrascht, aber Bauer Greiff hielt meine Unwissenheit für ganz normal. Mit den Leuten vom Weilerhof wolle niemand etwas zu tun haben, die Bauern vom See verböten ihren Kindern sogar, den Hof zu betreten und redeten ihnen ein, dort gäbe es Gespenster und Nachtgeister und wilde Riesen, die Kinder verspeisten, und tatsächlich, sagte Bauer Greiff, ganz geheuer sei es auch ihm dort nicht. Ich fand seine Schilderung mehr amüsant als unheimlich, aber Bauer Greiff meinte, irgend etwas Wahres stecke schon dahinter, ich würde es ja selber sehen. Er gab mir die Eier. Ich zahle morgen, sagte ich und ging zur Hütte.

11

Am nächsten Tag machte ich mich schon gegen sieben Uhr morgens auf den Weg zum Weilerhof. Während der Nacht hatte es zum erstenmal geschneit, aber der Schnee blieb nur auf den Bergen liegen; die Wiesen und die Straßen saugten ihn auf.

Nach Weiler führt keine Fahrstraße; es gibt lediglich einen von Traktoren ausgefahrenen Weg quer durch die Weide, der Weg ist im Winter hart gefroren, die Radspuren haben breite Rillen hinterlassen; man muß aufpassen, daß man nicht ausrutscht und sich den Fuß, einen Arm oder das Genick bricht. Von meiner Hütte bis zum Weilerhof geht man eine gute Stunde.

Es schneite wieder, und ich dachte weniger an den Kauf meiner Truhe als daran, was die Leute vom See wohl gegen die Menschen vom Weilerhof haben mochten. Man behauptet zwar immer, der Aberglaube sei heute ausgestorben, aber man begegnet ihm fast täglich. Der Aberglaube, sagt man, sei schlecht, töricht, unsinnig, er akzeptiere übersinnliche Erscheinungen und übernatürliche Kräfte, aber welcher Glaube tut das nicht? Ich wäre gern bereit, an einen Heiligen Geist zu glauben, aber der macht sich rar und kaum noch bemerkbar. Der Glaube ist kein Werk der Vernunft, man kann dem Aberglauben nur mit einem anderen Glauben entgegentreten, nicht aber mit Argumenten. Mit dem Glauben ist es wie mit dem Geschmack; was dem einen gut schmeckt, kriegt der andere nicht einmal herunter, und es gibt einfach keine Gründe, den Geschmack zu widerlegen. Man kann der Zunge nicht beibringen, was gesund ist, dem Glauben nicht, was Vernunft vermag. Der Mensch glaubt, solange er Angst hat, und ohne Angst verliert er an Menschlichkeit. Er hat Angst vor dem Tod, obschon er gar nicht weiß, was der Tod ist, und es gibt eine ganze Herde von Ideologen, die das monieren; sie meinen, es sei unsinnig, vor etwas Angst zu haben, das man nicht kenne, und man solle sich doch die Zeit nehmen, es erst einmal kennenzulernen. Die Zeit nimmt man sich auch, es bleibt einem nichts anderes übrig, aber Angst hat man dennoch. Alles Ungewisse macht bange, die Zukunft läßt sich nicht wissen, man darf auf sie hoffen und kann an sie glauben. Ein Mensch ohne Angst ist unmenschlich, aber selbst seine kleinsten Ängste sind immer egoistisch; Angst hat man nur um sich selber, und wenn einem das Kind stirbt, fragt man sich nicht, welche neue Welt sich dem toten Kind auftut, man stellt sich die bange Frage: Was fange ich nun ohne Kind an? Der Mensch hat *seine* Angst, denn *unser aller Angst* ist entweder ein verlogenes Glaubensbekenntnis oder die Summierung von adäquaten Einzelängsten. Ich habe Angst vor meiner Kölner Firma, weil ich nicht weiß, was sie mit mir vorhat und wie sie mich verplant. Meine Sekretärin hat die Angst, keinen Mann mehr zu bekommen. Bauer Greiff hat die Angst, aus seinem Sohn könne nichts Rechtes werden. Die Katze hat die Angst, im Winter zu verhungern. Nurmi hat Angst. Bauer Weiß hat Angst vor dem Tod, Bauer Greiffs Sohn vor der Schule.

Auf dem Weilerhof tat sich nichts. Er war leer. Ich klopfte an ein Fenster, ging zum Stall, pochte gegen die Tür. Plötzlich kam ein kleines Mädchen und fragte mich, zu wem ich wollte. Bist du die Tochter vom Bauer, fragte ich, und sie nickte und sagte, sie wolle ihn holen. Das Mädchen war etwa fünf Jahre alt, machte einen aufgeweckten, fast selbstbewußten Eindruck auf mich, und ich dachte, daß es einmal die Frau von Bauer Greiffs Sohn werden könnte. Ich weiß nicht, wie ich auf diesen Gedanken kam.

Der Bauer kam, er kannte mich nicht. Er hatte ein blindes Auge, und solche Menschen sehen immer aus, als hätten sie etwas verbrochen; in Wirklichkeit hatte er sein rechtes Auge, wie ich später erfuhr, im zweiten Weltkrieg verloren, als er noch an Deutschland glaubte. Ich fragte ihn, ob er mir eine

Truhe verkaufen wolle, und er bat mich, in die Stube zu kommen.
Die Stube war aufgeräumt, sauber und warm. Als wir eintraten, saß die Bäuerin am Tisch und nähte, aber sobald sie uns hörte, stand sie auf, sagte irgend etwas, verneigte sich und ging eilig ins Nebenzimmer. Sie sei etwas scheu, sagte der Bauer und entschuldigte sich.
Die Stube war niedrig, man stieß mit dem Kopf bis fast an die Decke. Der Bauer bat mich, Platz zu nehmen, ich setzte mich auf die Eckbank. An welch eine Truhe ich denn gedacht hätte, fragte er, sah mich mit halbem Auge an, versuchte zu lächeln, aber es gelang ihm nur ein Grinsen.
Erst jetzt merkte ich, daß in der hinteren Ecke der Wohnstube ein alter Mann saß. Er rührte sich nicht vom Fleck und sah nicht einmal zu uns herüber. Er saß vor einem Aquarium, das matt beleuchtet war, und beobachtete die Fische. Ich war überrascht, daß ein alter Bauer sich ein Aquarium leistete, er saß fasziniert davor, starrte unentwegt auf die stumme Welt der Fische, und was sich sonst noch in der Stube tat, nahm er einfach nicht wahr. Der alte Mann sei sein Vater, sagte der Bauer; taub, nicht mehr ganz richtig im Kopf, eine Last für die ganze Familie, aber was wolle man machen.
Das kleine Mädchen kam aufgeregt herein, sagte, der Vater müsse sofort wieder in den Stall kommen, eine Kuh wolle kalben, na endlich, sagte der Bauer, fragte mich, ob ich schon in die Werkstatt gehen wolle, um mir ein paar Truhen anzusehen, aber ich hatte Zeit. Ich kann warten, sagte ich.
Der alte Mann saß vor seinem Aquarium. Ich ging zu ihm hinüber, fragte ihn, ob ich mich zu ihm setzen dürfe, aber er gab keine Antwort. Ich beobachtete ihn. Man hätte ihn für tot halten können, aber manchmal nahm er eine große Lupe vom Tisch, hielt sie vor die Glasscheibe und starrte minutenlang ins Aquarium. Was füttern Sie denn, fragte ich. Der Alte reagierte nicht.
Einige Zeit später stand er auf, schob die Deckenplatte des

Aquariums beiseite, und aus einem alten Senfglas, das halb mit Wasser gefüllt war, schüttete er etwa vierzig oder fünfzig Wasserflöhe ins Aquarium. Dann schob er die Deckenplatte wieder zurück, setzte sich, nahm die Lupe und wartete ab, was geschehen würde. Die Wasserflöhe fanden sich in ihrer neuen Umgebung zunächst nicht zurecht. Die meisten sanken wie leblos auf den grauweißen, mit kleinen Steinchen durchwirkten Sandboden und blieben wie eine verschimmelte Schicht lebloser Kadaver liegen. Erst allmählich fanden sie zum Leben zurück. Hier und dort zuckte die Schimmelschicht, einzelne Flöhe lösten sich langsam vom Boden, plusterten sich auf und tanzten über den Sand. Der Tanz wurde immer heftiger, und einige besonders dicke Tierchen hatten sich ganz von der Erde gelöst; sie zuckten, immer wieder steigend oder fallend, in die Höhe, winzige Luftballons, die an ihren Köpfen zwei kleine Paddel hatten und dem Licht zustrebten. Der alte Mann legte die Lupe beiseite. Ein großer, platter Fisch mit langen, schwarzen Streifen schwamm anscheinend gleichgültig zwischen dem Gewimmel der Wasserflöhe hindurch, zuckte ruckartig mit den Augen und suchte sich sein Opfer. Er war wählerisch. Jetzt hatte er einen der Wasserflöhe anvisiert und fuhr seelenruhig auf ihn zu. Zahlreiche andere Opfer kamen ihm vors Maul, er hätte nur zuschnappen müssen, aber er verachtete sie. Plötzlich riß er sein Maul auf, verschluckte das Tierchen, spie es aber gleich wieder aus, faßte es erneut und schüttelte sich. Der alte Mann nahm die Lupe wieder und hielt sie dicht vor den Fisch. Auch ich konnte jetzt das Auge des Fisches genau beobachten; es sah aus wie eine schwarzumrandete Zielscheibe, in der Mitte ein Blutfleck, rot und lebend. Fast alle Wasserflöhe hatten sich jetzt an der Oberfläche des Aquariums versammelt; sie tanzten. Von unten stießen die Fische hoch, packten ihr Opfer, verschluckten es, spien es wieder aus, verschluckten es endgültig. Mancher Bissen war ihnen anscheinend unappetitlich, mancher zu groß. Sie griffen ihn an, schnappten zu und ließen wieder von ihm

ab. Die Tierchen sanken angeschlagen auf den Boden, zuckten und blieben dann reglos liegen. Einige erholten sich wieder. Andere lösten sich auf, und der Sand verschluckte sie.
Bedächtig kroch eine Schnecke die Scheibe hoch. Ich fragte den alten Mann, wie oft er seine Fische füttere, auch darauf gab er keine Antwort. Er blickte aufs Thermometer und nickte vor sich hin. Die Schnecke leckte sich die Scheibe hoch und hinterließ eine schmale Spur. Der Bauer kam zurück und wunderte sich, daß ich hinter dem alten Mann saß und die Fische beobachtete. Ob ich mich gelangweilt hätte, fragte er. Ist das Kälbchen da, fragte ich. Ja, erwiderte er, ein Stier, aber gesund. Die Fische interessieren Sie?
Als Kind hätte ich welche gehabt, sagte ich. Wir gingen in die Werkstatt, und er zeigte mir ein paar Truhen. Ich suchte mir eine kleine, blaubemalte aus, die sich abschließen ließ, nicht besonders schön, aber gerade richtig für meine Akten. Der Preis war annehmbar und angemessen.
Wie lange sein Vater schon mit den Fischen lebe, fragte ich.
Der Bauer wußte es anscheinend nicht genau. Vielleicht zwölf, vielleicht dreizehn Jahre, meinte er.
Und er spricht nie?
Wenn er böse werde, schimpfe er vor sich hin; aber man könne nicht mehr verstehen, was er sage.
Wie alt ist er denn?
Wenn man die Jahre nach seinem Tod hinzu rechne, sagte der Bauer, sei er jetzt dreiundneunzig.
Die Jahre nach seinem Tod?
Ja, der alte Mann habe es abgelehnt, sich beerdigen zu lassen. Er wollte unbedingt auf dem Hof bleiben. Er wollte wissen, daß der Hof in seinem Sinne weitergeführt würde, und er war der Meinung, ohne ihn ginge das nicht. Wir nehmen keine Rücksicht mehr auf ihn, sagte der Bauer, aber wir lassen ihn gewähren.
Hatte er denn Angst vor dem Tod, fragte ich.
Überhaupt nicht, erwiderte der Bauer. Die Gründe, warum

der alte Mann sich nicht hatte beerdigen lassen, seien ökonomische Gründe gewesen. Er habe die fixe Idee, ohne ihn würde der Hof heruntergewirtschaftet, und das könne er nicht zulassen. Wenn er die Augen für immer schließe, behauptete er, ginge alles drunter und drüber. Und dafür hätte er nicht ein Leben lang geschuftet.
Soll ich Ihnen die Truhe in Ihre Hütte bringen, fragte der Bauer. Das sei mir recht, erwiderte ich, und wir vereinbarten den Termin.

12

Es war Januar. Als meine Sekretärin um sechs Uhr morgens kam, war die Katze noch da; mir war das unangenehm, ich weiß nicht warum. Auf jeden Fall lag sie noch auf meinem Bett und schlief; ich war beim Frühstück. Ein Herr von meiner Kölner Direktion hatte sich für diesen Tag angesagt; er käme, schrieb er, zufällig in die Gegend, das paßte doch gut, meinte er, und ob ich etwas dagegen hätte, wenn er einmal bei mir hereinschaute.

Gegen den Stil solcher Schreiben bin ich allergisch; mit verdächtig höflichen, scheinbar verbindlichen Worten wird einem die Anweisung übermittelt, zur Stelle zu sein. »Zufällig« kommt niemand an den See, es sei denn, er habe sich verirrt, und der See ist alles andere, nur keine »Gegend«; für Bauer Greiff nicht, für die Katze nicht und auch nicht für mich. Man hat hier Ziele, Vorstellungen, Ambitionen, und ob ein Besuch »gut paßt«, wäre natürlich eine akzeptable Frage, aber der Kölner Herr fragte weder an noch ließ er mir Zeit, meine Ansicht zu äußern oder gar anderer Meinung zu sein. Ihm paßte es, und also schaute er einmal herein.

Seit ich mein Seeleben lebe, habe ich jenen Leuten, die eine Funktion zum Beruf gemacht haben und sich, sogar aus Überzeugung, Funktionäre nennen, aus dem Weg gehen können. Man begegnet Funktionären ja nicht, sie kommen auf einen zu, und fast immer kommen sie nur dann, wenn sie etwas wollen; sie kaschieren ihre Arbeitsweise, denn wer ein Büro kontrolliert, um festzustellen, ob das Büro funktioniert, sollte sich Kontrolleur und nicht Funktionär nennen oder gar behaupten, er käme zufällig in die Gegend und das passe deshalb. Was dem einen paßt, ist für den anderen die Hölle.

Aber er kam.

Ich diktierte wie jeden Morgen, die Katze war noch immer da.

Die Sekretärin wollte sie hinausjagen, aber meine Katze versteckte sich hinter der Truhe. Die Katze mag meine Sekretärin nicht, und ich mußte ihr gut zureden, ehe sie hinter der Truhe hervorkroch und hinausging. Aber schon an ihrem Blick und an ihrem zögernden Gang merkte ich, daß sie meine Entscheidung mißbilligte und beleidigt war. Es gibt solche Tage: man verschläft sich, die Sekretärin ist schlechter Laune, die Katze beleidigt, man selber nervös, aber man kann solche Tage nicht einfach überspringen wie ein Buchkapitel, man kann sie nicht überschlafen, um mit anderen Gedanken wieder aufzuwachen, man muß sie hinnehmen, durchstehen, zu Ende leben, kein Tag gleicht dem anderen, selbst die Wintertage am See gleichen sich nicht, obschon wochenlang nichts geschieht, was wie eine Änderung erscheinen könnte: die Felder bleiben weiß; das Vieh, an die Uhrzeit gewöhnt, wartet aufs Futter oder aufs Melken, der See friert am Ufer zu; die Hecke vor der Hütte liegt, vom Schnee erdrückt, auf der Erde; der Himmel bleibt grau, der Bauer in der Stube, das Leben läßt sich Zeit. Aber jeder Tag ist dennoch ein anderer Tag, irgend etwas hat sich immer verändert, und sei es auch nur die frische Spur der Katze, die jetzt von meiner Hütte bis hinüber zu Bauer Greiffs Stall führt.
Um elf Uhr dreißig, pünktlicher als ich erwartet hatte, hielt ein Taxi vor meiner Hütte. Ich sah durchs Fenster, wie der Kölner Herr ausstieg, sich eine Quittung geben ließ und sich umsah. Er wartete, bis das Taxi gewendet hatte und fortfuhr, und kam dann auf die Hütte zu. Ich öffnete nicht sogleich; ich wartete, bis er klopfte.
Er wolle nicht stören, meinte er.
Nein, sagte ich, durchaus nicht. Er störe überhaupt nicht. Ich sei zwar gerade beim Diktat, aber das mache nichts, und ob er eine angenehme Reise gehabt habe. Meine Sekretärin erbot sich, Kaffee zu machen, und für einen Augenblick dachte ich, daß dieses Anerbieten unangenehm war, zumindest zu früh kam, doch der Kölner Herr nahm dankend an, rieb sich

die kalt gewordenen Hände, sagte, es sei nett in meinem Büro, aber ein nettes Büro ist natürlich eine zweideutige Begriffsbestimmung, man kann das so oder so verstehen, und ich wußte nicht, woran ich war. Übrigens war der Kölner Herr viel jünger als ich erwartet hatte. Ende zwanzig etwa, vielleicht auch dreißig, und je älter man selber wird, desto schwerer fällt es, sich von einem Jüngeren kontrollieren zu lassen.
Er steckte sich eine Zigarette an, eine Roth-Händle mit Filter; den Kaffee nahm er mit Milch, jedoch ohne Zucker, denn, so sagte er, man müsse rechtzeitig auf die schlanke Linie achten, und mir wurde wieder einmal klar, daß diese Generation sehr genau weiß, worauf sie achten will und was sie plant, viel genauer jedenfalls, als ich es in meiner Jugend gewußt habe. Von den Plänen meiner Generation ist allerdings nicht viel übrig geblieben oder gar verwirklicht worden, und was die neue erreicht, ist ungewiß, fragwürdig, und nur für Nurmi sind Planen und Leben eins.
In Köln, sagte der junge Herr, sei man mit meiner Arbeit zufrieden.
Danke, sagte ich.
Wenn überhaupt, so gäbe es ein paar Unstimmigkeiten, nicht mehr, aber immerhin, Routinesachen.
Spätestens hier hätte ich stutzig werden müssen. Aber ich bin ein schlechter Taktiker. Ich nehme die Leute beim Wort, sage meine Meinung spontan und überlege mir nicht, was mir nützen, was mir schaden könnte. Das geht mir mit jedem so und nicht nur mit der Katze. Was liegt denn vor, fragte ich.
Er drückte die Zigarette aus, stand auf, ging ans Fenster, blickte hinaus. Wirklich nett hier, sagte er, setzte sich wieder und trank einen Schluck Kaffee. Die Stille, die plötzlich in die Hütte kam, machte mich unruhig. Man stellt eine Frage, wartet auf die Antwort, aber die Antwort bleibt aus, und schon als Kind habe ich es als böse und als entwürdigend empfunden, auf eine berechtigte Frage keine einleuchtende Antwort

zu bekommen. Und Büros dürfen nicht stumm sein, das macht sie verdächtig.

Meine Sekretärin überbrückte die Stille und fragte, ob sie jetzt die Geschäftsbriefe zur Post bringen solle. Anscheinend hatte sie viel früher als ich die Mission des Kölner Herrn durchschaut und nur auf einen günstigen Moment gewartet, um uns allein zu lassen. Da ich nicht gleich antwortete, nahm sie mein Schweigen als Zustimmung, zog den Mantel über und verabschiedete sich. Der Kölner Herr meinte, meine Sekretärin mache einen guten Eindruck auf ihn; nichts für ungut, sagte er. Ich mag diese Redensart nicht.

Man kann ein abgebrochenes Gespräch nicht an derselben Stelle beginnen, wo es aufgehört hat; man muß sich etwas Neues einfallen lassen. Ich erkundigte mich deshalb, ob sich Köln sehr verändert habe, wieweit der U-Bahn-Bau fortgeschritten sei und was die Firma mache. Er überhörte das und meinte, man wolle jetzt zur Sache kommen.

Also bitte, sagte ich.

Jedes Büro, sagte er, habe eine bestimmte Funktion. Es erfülle seinen Zweck, wenn es produktiv arbeite und rationell plane; unproduktive Arbeit mache sich nicht bezahlt und irrationelle Planungen brächten nichts ein. Und diesen Sachverhalt, sagte er, wolle er mit mir erörtern.

Ich sah darin kein Problem.

Er nahm sich wieder eine Zigarette und zündete sie an. Sein Gasfeuerzeug hatte er in der Westentasche, ich kam mit meinem Streichholz zu spät.

Meine Sekretärin, sagte er, sei zur Post gegangen, um Briefe aufzugeben.

Geschäftsbriefe, sagte ich.

Natürlich, sagte er, aber darum ginge es nicht. Eine Sekretärin habe nicht die Funktion, Briefe zu befördern, ihr Arbeitsbereich sei anders gelagert.

Das möge, erwiderte ich, für Köln zutreffen, nicht aber für den See. Ein Bürobote mache sich in einer großen Firma bezahlt,

nicht aber in meinem Zwei-Mann-Betrieb, und jede Situation erfordere andere Maßnahmen und neue Richtlinien; wie der Mensch nicht einfach Mensch sei, so wäre ein Büro nicht einfach Büro. Man habe nicht nur Unterschiede zu machen, man müsse sie auch akzeptieren und respektieren.
Ich verlagere das Problem, meinte er, es ginge ums Prinzip.
Um welches, fragte ich. Was, fragte ich, wird in meinem Büro anders gehandhabt als in Köln, wann habe ich schlechtere Arbeit geliefert als in Köln, was funktioniert nicht?
Es funktioniere, erwiderte er, aber es funktioniere falsch. Die Prinzipien der Firma würden durch mein Büro blockiert, und ich müßte einsehen, daß ein Büro sich nach den Prinzipien der Firma zu richten hätte und nicht die Firma nach den zufälligen Anforderungen eines Büros.
Ich wollte ihm klarmachen, daß er Prinzipien mit Richtlinien verwechselte, aber ich ließ es. Für ihn waren die Richtlinien der Firma zugleich höchstes Prinzip, und ehe ich antworten konnte, sagte er:
Ein Büro läßt sich durch Privatinitiative nicht umfunktionieren.
Was heißt umfunktionieren, dachte ich, und ich dachte, daß die modischen Ideologen immer nur das umfunktionieren wollen, was ohnehin nie funktioniert hat, und ich fragte ihn, was sich ändern ließe und welche konkreten Möglichkeiten es gebe, mein Büro besser zu machen.
Unter den gegebenen Umständen keine, sagte er.
Aber was, fragte ich, liegt denn vor? Man könne doch einem Menschen nicht verbieten zu arbeiten, weil irgendwelche Richtlinien diese Arbeit desavouierten. Die Richtlinien, sagte ich, seien dazu da, Arbeit möglich zu machen, und sie sind unsinnig, wenn die Arbeit deklassiert wird zur bloßen Ausführung von Richtlinien.
Der Kölner Herr erwiderte, es ginge nicht so sehr um Arbeit. Arbeit an sich sei weder ein Wert noch ein Verdienst. Wer arbeite, brauche Leute, die aus seiner Arbeit Kapital schlügen,

und diese Leute säßen in der Firma. Ich würde nicht für meine Arbeit bezahlt, sondern dafür, daß die Firma meine Arbeit finanzkräftig anlege und zweckvoll umsetze.

Ich bat ihn, mich für einen Augenblick zu entschuldigen. Ich ging zur Toilette. Unter dem Spülbecken habe ich, zumindest im Winter, eine Flasche Rum stehen, den ich hin und wieder brauche, um mir abends meinen Grog zu machen, aber jetzt nahm ich einen Schluck aus der Flasche, öffnete das Klofenster, steckte meinen Kopf hinaus in die eisige Schneeluft, nahm noch einen Schluck aus der Flasche, schüttelte mich, weil mir der hochprozentige Rum auf fast nüchternem Magen nicht bekam, sah mein Gesicht im Spiegel und sagte mir, daß ich mich zusammennehmen müsse. Ich redete auf mich ein wie auf einen wildfremden Menschen, der aus Resignation Schluß machen will, wusch mir die Hände, zog die Wasserspülung ab, damit der Kölner Herr es hörte und ging zurück ins Büro. Er rauchte wieder.

Es wäre mir lieb, sagte ich, wenn wir die Richtlinien einmal Punkt für Punkt durchgingen; vielleicht ließe sich alles aufklären, wenn man konkrete Tatbestände bespreche und mögliche Abhilfen ins Auge fasse.

Gern, sagte er, und ich wiederholte meine Frage, was eigentlich vorliege.

Die Revisionskontrolle der Firma, sagte er, sei zwar noch nicht abgeschlossen, aber schon jetzt hätte sich dreierlei ergeben:

Erstens: Meine hiesige Sekretärin habe keine Planstelle.
Zweitens: Meine Dienstreisen ließen sich nicht verbuchen.
Drittens: Meine Essensmarken würden nicht verwertet.

Ich weiß natürlich, was eine Firma vermag. Aber jeder Mensch hat zwei Welten: seine Arbeitswelt, die ihn ernährt, und jene andere Welt, die er sich nach Dienstschluß aufbaut, und in dieser anderen Welt lebt er sein privates, sein eigenes, sein eigentliches Leben, er darf Mensch sein oder das, was er darunter versteht; er darf fernsehen, Bier trinken, ein Buch lesen, die Geliebte küssen, den Hund schlagen. Seine Arbeitswelt gibt ihm die Garantie, die Welt nach Dienstschluß genießen zu können, und in irgendeiner Zukunft, die durchaus nicht fern und schon gar nicht utopisch ist, so wenig utopisch wie der See, wird er leben können, ohne arbeiten zu müssen, es passiert nichts mehr, und wenn nichts mehr passiert, muß man etwas erfinden, das passieren könnte, aber es wird einem nichts mehr einfallen, das Leben läuft ab wie eine Eieruhr, die man immer wieder auf den Kopf stellt, ohne Eier kochen zu wollen, die Arbeit wird überflüssig, das Leben urlaubsreif, Zeit hat man immer, aber der Tag macht nicht mehr müde, und die Nächte bleiben schlaflos.

Über meine Dienstreisen, sagte ich, brauchen wir nicht zu reden. Seit ich am See sei, hätte ich mein Büro nicht verlassen; ich wäre nur einmal – und zwar an einem dienstfreien Tag – in Lindau gewesen, um einen Freund zu besuchen.

Er sah auf die Uhr. Wann ich denn sonst meine Mittagspause machte, fragte er.

Mal so, mal so, antwortete ich, ich nähme das nicht so genau.

Er lud mich ein, mit ihm essen zu gehen. Ich bestellte ein Taxi, und wir fuhren zum »Hirschen« nach Moosbach. Es war kurz nach eins, als wir dort ankamen.

13

Es gab Schnitzel mit gemischtem Salat. Der Kölner Herr wollte sich oder mich ablenken, fragte, ob am See denn etwas los sei und womit ich mir die Zeit vertriebe, aber ich wußte nichts darauf zu antworten. Es hätte auch keinen Zweck gehabt, ihm vom See zu berichten; jede Welt, auch die kleinste, hat ihre unverwechselbaren Probleme, und die lassen sich nicht austauschen, sie bleiben an Ort und Stelle.
Ich schwieg. Seit ich am See bin, habe ich noch nie eine Dienstreise beantragt, aber die Firma wußte schon jetzt, daß selbst ein Dienstreise-Antrag nicht zu bearbeiten war. Die Elektronische Datenverarbeitung, sagte der Kölner Herr, sei programmiert auf Dienstreisen von Köln und nach Köln zurück; wenn ich also, referierte er, nicht von Köln aus, sondern vom See nach München führe, und der Computer mit dieser Information gespeist würde, dann träte er entweder in den Streik oder spucke ein falsches Ergebnis aus; am wahrscheinlichsten sei es, daß er meine Dienstreise See-München umfunktioniere in eine Reise Köln-München. Die Kellnerin kam und fragte, ob wir mit dem Essen zufrieden seien.
Dem stehe entgegen, sagte ich, daß eine Fahrt vom See nach München billiger sei und Zeit spare.
Das fiele nicht ins Gewicht, meinte er. Selbst wenn ich ständig auf Dienstreisen wäre, käme eine Zusatzspeisung des Computers der Firma zu teuer; man könne den Computer nicht damit belasten, auch noch eine »Dienststelle See« zu verarbeiten.
Ich bot ihm an, auf Dienstreisen generell zu verzichten, und er sagte mir zu, dieses Angebot, falls es sich mit den Interessen der Firma vereinbaren ließe, zu prüfen.
Er fragte, ob ich eine Tasse Kaffee mit ihm tränke und winkte die Kellnerin herbei; die Kellnerin war offenbar eine

Aushilfskraft, jedenfalls kannte ich sie nicht. Ich überlegte, was sonst noch gegen mein Büro und gegen meine Arbeit vorlag, aber ich kam nicht mehr darauf. Es gibt Sachverhalte, die man nur deshalb vergißt, weil man ihnen nicht gewachsen ist; man verdrängt sie. Manchmal vergesse ich auch Personen oder Tatsachen nur deshalb, weil sie mir unangenehm sind.

Er käme nun zum nächsten Punkt, wenn ich einverstanden sei, und er sagte, daß meine hiesige Sekretärin keine Planstelle habe und deshalb von der Firma als Aushilfe geführt würde. Aushilfen würden jedoch nur zeitweise und ausschließlich mit Zustimmung der Personalabteilung bewilligt. Ich würde die Planstelle eben beantragen, erwiderte ich.

Das sei nicht möglich.

Warum?

Weil auf jener Planstelle, die mir zustände, meine Kölner Sekretärin säße, und gegen meine Kölner Sekretärin läge nichts Nachteiliges vor; außerdem sei sie nicht mehr kündbar.

Aber sie arbeite doch jetzt in einer anderen Abteilung, sagte ich.

Zwar. Aber immer noch auf der alten Planstelle.

Vielleicht sei es möglich, meinte ich, die beiden Planstellen auszutauschen.

Nein. Nein, sagte der Kölner Herr, das ginge nicht. Eine Planstelle, die besetzt sei, ließe sich nicht noch einmal besetzen, und eine Planstelle, die neu beantragt würde, müsse selbstverständlich noch unbesetzt sein.

Aber beide Sekretärinnen arbeiten doch, sagte ich; sie arbeiten gut, fleißig und gewissenhaft, und, sagte ich, darauf komme es doch an.

Auch, aber nicht nur. Die Firma, sagte er, müsse sich vorbehalten, eine gewisse Kontrolle auszuüben. Wenn man es dem einzelnen überließe, den Wert seiner Arbeit selber einzuschätzen, wäre die Firma schon lange nicht mehr funktionsfähig.

Aber sie kann nur existieren, weil es einzelne gibt, die arbeiten, sagte ich.
Und sie kann auch nur existieren, weil es andere gibt, die ausrechnen, welche Arbeit Gewinn bringt, sagte er.
Er rührte in seinem Kaffee, sah hinüber zur Kellnerin, schwieg einen Augenblick, sah die Kellnerin noch einmal an und fragte mich plötzlich, ob man im »Hirschen« übernachten könne.
Nein, sagte ich, nur im Sommer.
Er würde also dann, sagte er, seinen Bericht schreiben. Ich solle mich nicht unnötig aufregen, er sei kein Unmensch, die Firma sei konziliant, aber wir müßten noch ein paar Worte über meine Essensmarken reden. Sie würden, wie für jeden Angehörigen der Firma, so auch für mich gedruckt, numeriert, registriert, gebucht, berechnet, ausgegeben und abgeholt; aber ich nähme sie nie in Anspruch.
Natürlich, sagte ich, ich könne ja am See nichts damit anfangen, und sie zu verschenken, sei verboten.
Eben dies sei das Problem.
Mein Gott, sagte ich, eine Essensmarke ist eine Mark und fünfzig Pfennige wert, und da ich sie nicht benutze, spart die Firma jeden Tag eine Mark und fünfzig Pfennige durch mich.
Und deshalb, sagte ich ...
Er unterbrach mich. Schon die Herstellung und die Bearbeitung der Essensmarken seien teurer als das Essen selber, ich begriffe die Intentionen der Firma nicht. Die Marken stünden mir zu, und da die Firma den Grundsatz vertrete: Gleiches Recht für alle, so dürfe sie auch gleiche Pflichten von allen verlangen. Ich resignierte. Ich könne dieser Pflicht nicht nachkommen, sagte ich, und ich sehe auch nicht ein, wem dadurch geschadet wird.
Das sah er anders. Ich solle mir doch einmal überlegen, was geschähe, wenn alle Mitarbeiter der Firma so dächten wie ich und an nur einem einzigen Tag ihre Essensmarken nicht verwerteten; der ganze Kantinenbetrieb käme durcheinander: die Bedienungen hätten nichts zu tun, der Koch müsse das

vorbereitete Essen vernichten, der Pächter erlitte einen unübersehbaren Verlust, das Betriebsklima würde gestört.
Er konstruiere einen Fall, sagte ich, der nie einträte.
Trotzdem müsse man ihn kalkulieren.
Ich wußte keine Antwort. Er hatte mich fertig gemacht; nicht so sehr durch einzelne Fragen oder mir unbegreifliche Argumente; ich verstand die Welt nicht, in der er lebte. Schon sein Verhältnis zur Arbeit irritiert mich. Für ihn ist Arbeit meßbar, manipulierbar, registrierbar; für mich ist Arbeit: *ein Stück Welt verändern,* wie es die Putzfrau tut, wenn sie sauber macht, oder der Ingenieur, wenn er sich am Reißbrett die Brücke ausdenkt. Mir war klar, was er in seinen Bericht hineinschreiben würde, aber ich wollte nicht daran denken.
Er hatte ein Taxi bestellt, und während wir darauf warteten, bezahlte er die Rechnung. Ich bedankte mich für die Einladung. Mir kam der verrückte Einfall, mich mit dem Wert einer Essensmarke finanziell zu beteiligen und ihm eine Mark und fünfzig Pfennige zu schenken, aber natürlich ließ ich das. Wer sich nicht mehr wehrt, weil er nicht mehr kann oder nicht mehr will, hat auch unsinnige Gedanken in Reserve.
Der Kölner Herr setzte mich am See ab, und ich lief die hundert Schritte zum Büro zu Fuß. Am liebsten hätte ich meinen Koffer gepackt und wäre irgendwo hingefahren.

14

Vielleicht sollte ich wirklich einmal Urlaub machen. Die Welt ist anders als der See, vor allem ist der See nicht die Welt, aber beide lehnen es ab, sich zu ändern. – Jeder ist allein, keiner will einsam sein. – Man muß sich einrichten. Aber wo und wie? – Der Mensch, wenn es ihn gibt, ist verantwortlich für Gott, wenn es ihn gibt. – Die Prinzipien leuchten ein, ihre Auswirkungen schikanieren. – Die Welt ist alles, was der Fall ist, doch was ist ein Fall? – Ein Blatt fällt vom Baum, und nur die Katze erschrickt.

15

Von der Firma hatte ich nichts mehr gehört. Es dauerte allerdings Wochen, bis ich den Besuch des Kölner Herrn vergaß, und einmal träumte ich sogar, er hätte die Aushilfskellnerin vom »Hirschen« geheiratet. Vielleicht nahm ich das alles zu wichtig. Die Brücke von Staad nach Meersburg soll nun doch nicht gebaut werden, ich arbeite an einem neuen Projekt.
Am See gibt es nur noch ein Gesprächsthema: Bauer Greiffs Sohn. Ich hatte immer wieder behauptet, der Junge sei durchaus normal, die Flegeljahre gingen vorüber, jedes Kind habe seine Launen, seine Frechheiten, selbst seine Bösartigkeit, aber ich habe mich geirrt; Bauer Greiffs Frau hat einen Kreislaufkollaps erlitten, sie mußte mehrere Wochen ins Krankenhaus, und er selber ist überaus wortkarg geworden. In die Hütte kommt er kaum noch, selbst einem Gruß weicht er aus, und die anderen Bauern können ihm weder helfen noch wollen sie es. Diese Entwicklung, sagen die Leute, habe man doch voraussehen können. Bauer Greiff sei eben vernarrt gewesen in seinen Sohn und jede Vernarrtheit mache blind, nun ernte er das Ergebnis seiner Erziehung und solle sehen, wie er damit fertig werde. Bevor ich den See kannte, habe ich nie begriffen, warum es gerade unter Bauern so wenig Freundschaften gibt; heute ist mir das klar. Der Bauer bezieht alles, was er denkt und fühlt, auf sich und seine Welt, er hat den Mitmenschen nicht nötig; von Geburt an ist alles *sein:* das Haus, der Hof, das Vieh, die Felder. Er lernt nicht, teilen zu müssen, und was er nicht besitzt, ist für ihn feindlich. Schon der Blick über den elektrischen Weidezaun auf das Feld des Nachbarn sagt ihm, daß drüben Konkurrenz ist; jeder Morgen Land, den der andere mehr hat, ist nicht so sehr Besitztum als vielmehr Existenz, und die Gründe, warum der eine mehr, der andere we-

niger hat, sind nicht selten bloße und widersinnige Zufälle; der Großvater des einen Bauern hat seine Felder vertrunken, und der Großvater des anderen Bauern hat zugegriffen und erpreßt; der Vater des einen war faul, der des anderen war genauso faul, hatte aber mehr Glück; Krankheit, Viehseuche, Stallbrand fielen über den einen her, den anderen verschonten sie, und obschon ein jeder seinen Hof ererbt hat, um ihn zu besitzen, wissen alle, wie das Erbe zustande kam, was Recht, Glück, Zufall oder Fügung wert sind, sie mißtrauen dem Wahlspruch, daß Gerechtigkeit der Lauf der Welt sei, und weil sie gute Gründe haben, dem zu mißtrauen, bindet sie keine Freundschaft. Sie sind leidliche Nachbarn und halten losen Kontakt; Hilfe könnte ein jeder mal brauchen.

Bei Bauer Greiffs Sohn, sagten sie, käme jede Hilfe zu spät. Es hatte damit angefangen, daß er sich weigerte, den Intelligenztest für die Aufnahme ins 1. Schuljahr mitzumachen. Es gab Schläge und Tränen, man sperrte ihn in den Keller, doch nichts half; Bauer Greiff zerrte ihn am Tag der Prüfung in sein Auto, fuhr ihn zur Schule, lieferte ihn bei der Lehrerin ab, sagte, der Junge sei etwas unbändig und wild, aber die Lehrerin meinte, damit würde sie schon fertig.

Doch Bauer Greiffs Sohn weigerte sich, Fragen zu beantworten, lehnte es ab, zu zeichnen oder zu spielen, saß mit verbittertem Gesicht in seiner Bank, preßte die aufkommenden Tränen herunter und ließ sich durch nichts bewegen, sich an irgendeiner der gestellten Aufgaben zu beteiligen. Die Lehrerin wollte ihn beruhigen, versuchte, ihm den Kopf zu streicheln, aber er schlug ihr die Hand fort, rannte aus dem Klassenzimmer und verschwand.

Man suchte ihn den ganzen Tag über vergeblich. Erst gegen Abend, als die Kühe schon gemolken waren, fand ihn die Bäuerin vom Weißerhof im Schuppen neben dem Bootshaus; er hatte sich hinter einem Stapel Holz versteckt und schlief. Bauer Greiff kam, wollte ihn mit nach Hause nehmen, aber

der Junge weigerte sich; zuerst solle man ihm versprechen, daß er niemals in die Schule müsse.
Nun kann man Bauer Greiffs Sohn kein Versprechen geben, ohne es auch zu halten. Wenn er überhaupt erzogen worden ist, wie man so sagt, dann darin, nie zu lügen und immer zu tun, was man versprochen hat. Bauer Greiff schlug ihm vor, zunächst einmal mitzukommen, und wenn er nicht gleich nach Hause wolle, so könnten sie ja in meine Hütte gehen; ich wäre sicher bereit, das Problem mit ihnen zu diskutieren.
Er hatte Hunger, und ich bot ihm ein Wurstbrot und Milch an. Das Brot wollte er, aber anstatt Milch wollte er lieber Sprudel mit Geschmack trinken; ich gab ihm ein Glas Gerolsteiner Wasser und ein paar Zuckerstücke dazu und sagte, nun könne er sich seinen Sprudel selber versüßen.
Bei dem Gespräch kam nichts heraus. Er wollte nicht in die Schule, sagte er, und er sehe auch nicht ein, warum er in die Schule müsse. Was andere Kinder täten, sei ihm egal, er jedenfalls gehe nicht in die Schule, heute nicht und überhaupt nie.
Bauer Greiff und ich versuchten es mit Argumenten. Die Schule sei nicht so schlimm, sagten wir, man lerne ja nicht für die Schule, sondern für das Leben, Wissen sei Macht, und wenn er, sagte Bauer Greiff, ein guter Schüler werde, könne er es im Leben zu etwas bringen, ein vornehmer Mann werden, wie ich einer sei, mit einem Büro, einer Sekretärin, der Hütte, dem See, mit viel Urlaub, gutem Gehalt, viel Freiheit, aber das überzeugte ihn absolut nicht. Er wollte keine Sekretärin, keinen Urlaub, keine Hütte und kein Gehalt: er wollte den Hof. Und den bekomme er auch.
Den bekomme er nur, wenn er zur Schule gehe, antwortete Bauer Greiff.
Nein. Der Hof stehe ihm zu. Und wenn er merke, daß man ihm den Hof nicht geben wolle, dann zünde er ihn einfach an; ein anderer bekomme ihn dann auch nicht mehr.
Man müsse aber schreiben und rechnen lernen, auch als

Bauer, sonst wäre der Hof bald heruntergewirtschaftet, und dann müsse er ihn verkaufen und als Knecht arbeiten.
Er? Er nie. Er kenne die Kühe schon heute besser als sein Vater, und er wisse genau, welche mehr und welche weniger Milch gebe und ob der Fettgehalt stimme, nein, sagte er, das brauche ihm niemand mehr beizubringen.
Er trank seinen Sprudel und setzte sich in Positur, als könne er, wenn er nur wolle und die Erwachsenen ihn endlich ernst nähmen, schon morgen den Hof übernehmen. Was mich immer wieder erstaunt, ist einerseits die pfiffige Intelligenz, die ja irgendwo in seinem Kopf sitzen muß, und andererseits die sture Penetranz, mit der sich die übrigen Gehirnzellen in seinem Kopf gegen jede Art von geistiger Anstrengung wehren. Er tut immer so, als sei er längst fertig, längst erwachsen, längst so klug, wie man nur sein kann, und wenn man dann den Spieß umdreht und ihm irgend etwas erzählt, was er unmöglich begreifen kann, wird er zunächst verlegen, fängt sich aber sofort wieder, grinst und tut so, als wolle man ihn auf den Arm nehmen. Als er noch Fünf war, sagte ich ihm einmal, der griechische Philosoph Platon sei ungefähr derselben Meinung wie er, und ich war gespannt, wie er darauf reagieren würde. Er reagierte überhaupt nicht. Er lachte, weil er den Namen Platon komisch fand, meinte wohl, dieser Name sei eine ulkige Erfindung von mir, aber da dieser Platon, sei er was er wolle, ihm nicht widersprach, hatte er nichts gegen ihn einzuwenden, legte das Thema ad acta und fragte mich, ob ich seine neugeborenen Kaninchen sehen wolle; die seien noch nackt, sagte er, und das Muttertier reiße sich jetzt die Wolle vom Leib. Ich ging mit ihm in den Stall. Ich war zu bange, das Muttertier anzufassen; er aber nahm es auf den Fußboden, holte die Jungtiere heraus und meinte, sie seien ein guter Schlag.
Was aber macht man, wenn ein Kind nicht zur Schule will? Die alte Faustregel war: man zwingt es. Bauer Greiffs Sohn aber läßt sich nicht zwingen. Wenn man ihn schlägt, schlägt er zurück, und die biblische Formel, man solle Vater und Mutter

ehren, anerkennt er nur dann, wenn Vater und Mutter auch den Sohn respektieren, und mit Schlägen, meint er, verschaffe man sich keinen Respekt. Er kann ja nicht, wie die Erwachsenen, Anzeige erstatten oder zum Richter gehen, er handelt in Notwehr, und er wehrt sich, indem er die Schule nicht besucht.

Das geht jetzt seit Wochen so. Man hat ihn, obschon er den Intelligenztest natürlich nicht bestanden hat, trotzdem eingeschult, aber er schwänzt jede nur mögliche Stunde. Bauer Greiff liefert ihn morgens in der Schule ab, wartet, bis der Junge im Klassenzimmer ist, aber schon nach der ersten Pause läuft er fast regelmäßig davon. Unser Dorflehrer meint, der Junge sei ein schwer erziehbares Kind, und für schwer erziehbare Kinder gebe es besondere Schulen; man müsse Bauer Greiff beibringen, seinen Sohn in einer solchen Schule unterzubringen.

Wie fast immer, bin ich anderer Meinung als der Lehrer. Ich glaube nämlich, daß Bauer Greiffs Sohn auf einer solchen Schule verdürbe; er würde gerade dort eine Welt kennenlernen, die ihn ruinieren muß, aber einen Ausweg wußte auch ich nicht.

16

Die Leute vom Weilerhof haben ihren toten Vater nun doch beerdigt. Sie waren es leid geworden, ihn Tag und Nacht vor dem Aquarium sitzen zu sehen, und vor allem hatten sie seine ständige Kritik nicht mehr ertragen können. Von seiner stummen Ecke aus hatte er immer wieder Anweisungen gegeben, was man so und was man anders zu machen hätte, er ließ nichts geschehen, was gegen seinen Willen war, und Anfang April war es dann so weit. Der Sohn des toten Mannes hatte die Truhen in seiner Werkstatt beiseite geräumt und begonnen, den Sarg zu zimmern. In einer der darauffolgenden Nächte, als der Alte gerade dabei war, die Aquariumscheibe von festklebenden Algen zu säubern, war er über ihn hergefallen, hatte ihn mit festem Griff um den Hals gepackt, in die Werkstatt gezerrt, in den Sarg gestoßen und den Sargdeckel mit Drei-Zoll-Nägeln rundherum zugenagelt. Er hatte noch immer Angst, der Alte könnte den Sargdeckel wieder aufkriegen, aber der rührte sich nicht mehr. Eine Woche später wurde er beerdigt. Niemand kam zum Begräbnis, auch der Pfarrer nicht. Ich erfuhr die Geschichte erst, als ich mir einen zweiten Schlüssel für meine Truhe bestellte; das Aquarium war nicht mehr da, die Stube seltsam leer, und der Bauer meinte, nun sei alles überstanden und es sei so besser. Die Leute vom See glaubten die Geschichte natürlich nicht; sie sagten, der Alte sei umgebracht worden, und irgendwann komme der Mord schon noch heraus. Manchmal weiß man eben nicht, was man glauben soll.

Von Nurmi hörte ich nur selten etwas. Er schrieb schon mal einen Brief, aber er mag keine Briefe schreiben; Briefe, meint er, seien schon deshalb einseitig, weil sie nur die eigenen Gedanken vermittelten und ohne spontane Resonanz blieben. Um sich zu verstehen, brauche man das Gespräch,

aber wir würden uns ja spätestens im Sommer sehen.
Übrigens brachte mir der Postbote 32 Mark. Mit Dank für die
Fahrkarte nach München, hieß es in der Rubrik »Mitteilungen
an den Empfänger«; Name und Anschrift waren nicht angegeben. Ich dachte an die Nacht, die ich mit dem Mädchen allein im Abteil gewesen war, und diese Episode, dachte ich,
war nun zu Ende. Man sieht sich, man begegnet sich, man
spricht kein Wort, man erlebt gemeinsam eine Nacht, man
denkt an die Liebe, man träumt, man steht auf dem Bahnsteig,
der Zug fährt davon: vorbei, aus der Welt, nicht mehr vorhanden.
Die Katze ist jetzt oft hungrig, ich habe sie verwöhnt. Als ich
noch nicht ständig am See war, ist sie ja auch ohne mich ausgekommen, und ich frage mich, wovon sie früher satt geworden ist. Sie war wieder schwanger gewesen, hatte auch zwei
lebende Junge zur Welt gebracht, aber man hatte sie ihr weggenommen. Sie verdächtigte die Lehrersfrau, aber sie war sich
nicht sicher; jedenfalls hatte sie ihre Jungen im Heizungskeller des Lehrerhauses geboren, und acht Tage später waren sie
verschwunden. Aber sie wollte darüber nicht länger reden und
wechselte das Thema. In ein paar Wochen sei Frühjahr, dann
könne sie wieder fischen. Sie freute sich darauf.
Unsere Streitgespräche sind seltener geworden. Allmählich
kennen wir uns zu gut; der eine weiß, was der andere denkt,
wir wiederholen uns. Sie hat sich an mich gewöhnt, ich an sie,
aber Gewöhnungen dieser Art sind eben gefährlich. Man
meint, alles was ist, müsse auch so sein, *aber es muß nicht so
sein*. Falls die Katze umzöge, sich ihre Nahrung bei Bauer
Greiff holte oder die Nächte auf dem Weißerhof zubrächte,
wäre ich zweifellos enttäuscht; ich würde mich fragen, warum
sie nicht mehr zu mir kommt, und dann könnte sie auch noch
gute Gründe vorbringen, warum sie mich verlassen hat. Sie
könnte sagen, ihr Besuch sei mir zu selbstverständlich geworden, und ich könnte erwidern, wo sonst bekomme sie Büchsenmilch; sie könnte sagen, die Abende und die Nächte bei

mir seien ihr zu langweilig, doch ich könnte antworten: ich stehe dir jedenfalls zur Verfügung. Aber es geht ihr eben nicht nur um materielle Dinge, es genügt ihr nicht, bei mir satt zu werden, mit Milch, Wurst, Fleisch, meint sie, würden zwar Durst und Hunger gestillt, nicht aber die Sehnsucht nach Geborgenheit.

Anderen gehe es viel schlechter als ihr, sagte ich. Wer nichts als Hunger und Durst hat, sagte ich, kommt überhaupt nicht dazu, an etwas anderes als an Hunger und Durst zu denken.

Das sei kein Maßstab, behauptete sie. Sie würde lieber verhungern oder verdursten, wenn sie keinen Platz mehr zum Träumen und zum Schnurren hätte.

In meiner Hütte ist es warm, sagte ich, ich unterhalte mich mit dir, ich nehme dich auf meinen Schoß, ich streichle dich, du kannst bei mir schlafen.

Das sei ihr nicht genug.

Ich hatte plötzlich das Gefühl, daß sie mit mir spielte wie der Direktionsvertreter meiner Kölner Firma, und ich fragte sie ziemlich schroff: Was genügt dir überhaupt?

Das Gefühl, sagte sie, erwünscht zu sein und gebraucht zu werden. Mit Streicheln sei es nicht getan; viele Leute streicheln nur deshalb, weil sie sich ablenken, sich selber bestätigen oder beruhigen wollen. Es kommt darauf an, warum man streichelt, sagte sie.

Also auf das Gefühl, meinte ich.

Auf Gefühl, sagte sie, und auf Einsicht.

So, auf Einsicht. Was soll ich einsehen?

Man könne nur einsehen, erwiderte die Katze, wozu man bereit sei.

Jetzt war unser Gespräch wieder einmal da angelangt, wo wir es nicht hinhaben wollten. Irgendeine unbedachte oder erregte Antwort hätte Streit ausgelöst, und ich wollte mich nicht streiten. Ich sei doch gut zu ihr, sagte ich, und darauf komme es an. Sie hielt nichts von Güte. Güte, sagte sie, sei eine widernatürliche Eigenschaft; Güte ziele darauf ab, die Wünsche des

anderen zu erfüllen und die eigenen Wünsche zu unterdrükken. Mit Güte, sagte die Katze, gibt man sich selber auf und bringt dem anderen bei, daß nur dessen Wille geschieht.
Immerhin ein Zeichen von Liebe, sagte ich.
Man liebt nicht, erwiderte die Katze, wenn man nachgibt oder verwöhnt. Sie jedenfalls ließe sich nicht deshalb versklaven, weil ich ihr Milch gäbe und meine Hütte warm hielte. Die Hütte, behauptete sie, hielte ich auch ohne sie warm, und wenn ich ihr nur deshalb Milch gäbe, weil ich mir dabei gütig vorkäme, könne sie darauf verzichten. Sie käme auch mit Seewasser aus, um ihren Durst zu stillen.
Sie legte Wert auf die Einsicht, ohne mich leben zu können, und erst wenn sie diese Einsicht verlöre, wäre es aus mit uns.
Wer liebt, sagte ich, muß auch nachgeben können.
Nur dann, wenn er es freiwillig täte. Sie war verstimmt.
Und wodurch weiß man, was man freiwillig, was man aus Liebe tut?
Die Katze sah mich an. Am liebsten hätte ich ihren Kopf genommen, ihre Schnauze geküßt und ihr gesagt, wir müßten doch über all diese Dinge nicht lange reden, wir verstünden uns doch auch so, hätte ich am liebsten gesagt, laß uns gut miteinander sein und nichts sonst. Aber ich ließ es. Ich weiß nicht warum.
Liebe, sagte sie, sei immer dann gut, wenn man sie weder mit Güte noch mit Mitleid verwechsle. Man müsse zu der Einsicht kommen...
Sie redet immer von Einsicht, wenn sie von Liebe redet, und das macht mich nervös, aber ich unterbrach sie nicht.
Man müsse zu der Einsicht kommen, sagte sie, daß sich der eine durch den anderen geborgen fühlt.
Das sei mir, erwiderte ich, zu abstrakt. Ich hätte sie gern, behauptete ich, und ich nähme an, daß auch sie mich möge.
Sie leckte sich die Pfote, rieb sich den Kopf und die Augen und sah mich an. Wenn sie mich ansieht, bringt sie mich in Verwirrung. Ich halte ihren Blick nicht aus. Ich muß dann irgend et-

was tun. Wenn ich nicht zärtlich werden will, stehe ich auf, gehe zum Ofen, zum Eisschrank, in mein Büro, sage irgendeinen belanglosen Satz oder tue so, als sei die Katze überhaupt nicht da. Sie kann sehr lieb sein.

Sie wolle mir ein Beispiel nennen, sagte sie, und setzte sich in Positur. Nachts, sagte sie, schliefe sie neben dem Ofen, und ich läge in meinem Bett. Und nun träte fast jede Nacht folgendes ein: Einer von uns würde wach, weil die Glut nachgelassen habe und die Zimmertemperatur gefallen sei. Es wäre kalt in der Hütte, wir beide frören, entweder käme sie zu mir ins Bett oder ich stünde auf, um den Ofen wieder anzuheizen. Weder das eine noch das andere sei Güte oder Mitleid, nicht einmal Liebe, denn wir beide frören. Worauf es ankäme sei, daß wir beide es warm hätten, und es sei absolut unwichtig, ob ich den Ofen anheizte oder sie unter meine Bettdecke kröche.

Aber einer von uns wird zuerst wach, sagte ich, und der muß dann warten, bis auch der andere friert.

Im Idealfall, erwiderte sie, frieren beide gleichzeitig, aber Idealfälle sind Ausnahmen, ohne Realität, wie ich meine, und die Realität entscheidet; und sie entscheidet nicht, weil einer Recht oder Unrecht hat, sondern einfach deshalb, weil sie im richtigen Augenblick bereit ist. Was die Katze will, denke ich, ist das einfache Leben und die sogenannte heile Welt. Beide, denke ich, gibt es nicht, und es hat sie nie gegeben. Kein Leben ist einfach, und jede Welt hat ihr Unheil. Ich wollte nicht streiten, aber ich mußte ihr meine Meinung sagen, und sie war deswegen nicht einmal beleidigt, im Gegenteil, sie nahm meinen Einwand ernst.

Obschon sie natürlich widersprach. Sie hielt nichts von dem Gerde über das einfache Leben und von dem Getue um die heile Welt. Ob einfach oder heil: ihr Leben, sagte die Katze, sei wie es ist, und die Welt, in der sie lebt, genau so, wie sie sich darstellt.

Bei mir ist das anders, erwiderte ich.

Wieso, fragte sie.

Weil man früher, sagte ich, einer Katze die Jungen nicht genommen hätte; weil früher die Katze ein Raubtier gewesen sei und weder eine Hütte gebraucht noch Büchsenmilch gewollt hätte; weil früher das Tier geraubt, der Mensch gejagt hätte, weil früher die Welt in Ordnung gewesen sei.
Und warum sei sie heute nicht mehr in Ordnung? Die Katze sah mich an, und wenn sie mich ansieht, liegt sie immer auf der Lauer.
Ordnung ist, meinte ich, was sich, gemessen an der Natur, als zweckmäßig erweist. Und in diesem Sinne gibt es keine Ordnung mehr.
Die Katze hatte keine Lust, mir länger zuzuhören. Sie setzte sich neben den Ofen, wärmte sich, brach das Gespräch ab. Sie habe, sagte sie noch, die Welt nicht verändert, und die Welt brächte es auch nicht fertig, sie zu verändern. Damit war für sie das Thema erledigt.
Ich hätte ihr sagen können: der Mensch hat sie verändert, aber ich wollte nicht arrogant sein. Die Katze weiß so gut wie ich, was anders geworden ist, und man darf nicht so tun, als sei der Mensch der Vater aller Dinge.
Ich schwieg.
Ich öffnete die Hüttentür, sah hinaus, der Himmel hatte viele Sterne, und ich fragte die Katze, ob sie noch einmal raus wollte. Sie zögerte. Ich gehe noch zum Stall von Bauer Greiff, sagte ich, und wenn sie Lust habe, könne sie ja nachkommen. Ich ließ die Hüttentür offen.
Der Abend war klar, die Luft rein. Im Dorf war es still. Die Katze kam, blieb neben mir stehen, sah zu mir auf und sagte nichts.
Auch mir fiel nichts ein, was ich ihr hätte sagen können. Ich war nach wie vor der Meinung, daß die heile Welt nicht mehr existiert. Vielleicht aber ist sie nur deshalb nicht heil, weil wir sie falsch sehen. Wir sehen, was ist, nicht, was sein könnte; und was gewesen ist, betrachten wir mit distanzierten Augen. Die Katze nicht. Nein, sagte sie, man müsse sich immer wieder und

stets von Neuem einrichten. Man habe Träume, Instinkte, Sehnsüchte, und man habe die Freiheit, zu wählen.
Das ist doch Utopie, sagte ich.
Sie verstand mich nicht, lief hinaus in die Nacht und ließ mich allein. Ich wußte nicht, was ich tun sollte. Die Hüttentür stand noch immer offen, der Lichtschein meiner Stehlampe fiel weit hinaus bis ans Ufer des Sees. Ich dachte an Köln. Wenn ich noch dort wäre, läge ich jetzt im Bett, säße in der Kneipe oder hörte Radio. Jetzt stand ich vor Bauer Greiffs Stall, sah der Katze nach und wußte nicht, ob sie in dieser Nacht noch einmal zurückkommen würde. Vielleicht ändern sich die Ansichten, die Probleme, die Umstände. Das Leben ist nie einfach, man kann es sich nur einfach machen, und das kann man in Köln ebenso gut wie am See. Ich ging zur Hütte, schloß ab, legte Briketts auf; dann ging ich zu Bett. Wenn die Katze noch herein wollte, mußte sie eben an der Tür kratzen. Ich hatte keine Lust, noch lange auf sie zu warten.

17

Ich nahm meinen Jahresurlaub. Es fiel mir schwer, einen Ort zu finden, an dem ich Ferien machen wollte, und ich änderte meine Pläne fast täglich. Die einfachste Möglichkeit wäre natürlich die gewesen, am See zu bleiben, aber je länger ich darüber nachdachte, desto mehr kam ich davon ab. Ich kenne den See zu gut, ich erlebe ihn täglich, und der Urlaub, denke ich, sollte gerade nicht alltäglich sein. Natürlich hätte ich zu Nurmi fahren können, aber ich konnte mich nicht entschließen, ihn anzurufen oder ihm zu schreiben.
Er lebt in einer anderen Welt, und schon deshalb kann man ihn nicht einfach besuchen. Außerdem kannte ich seine Frau nicht, und ich hatte schon immer den Eindruck, daß Nurmi von seiner Frau alles fernhalten wollte, was ihr rückwärts zu lebendes Leben bedrücken könnte. Er hatte gerade angefangen, seine Frau zu lieben, einmal würde er sie heiraten, und irgendwann später, wenn er Dreißig oder Fünfundzwanzig sein würde, müßte er versuchen, sie zu vergessen; schon deshalb wollte er sie lieb haben, solange es ihm vergönnt war. Und wenn Nurmi, wie in jedem Jahr, Ende Juni an den See kommen würde, waren es ohnehin nur noch vier Wochen, bis ich ihn wiedersehen sollte. Wohin also? Wer nicht weiß, was er mit seinen Ferien anfangen will, ist offensichtlich einfallslos oder unbegabt, und allmählich machte mich meine Unentschlossenheit nervös. Ich war schon drauf und dran, nach Malcesine an den Gardasee zu fahren; ein ehemaliger Kriegskamerad von mir hat dort ein Hotel unmittelbar am Strand, aber von einem See an einen anderen zu reisen, schien mir auch wieder unangebracht, zumal mein Kriegskamerad bestimmt die sogenannten Erinnerungen, die Kriegsnächte vor Kirowograd oder in Tobruk wieder auffrischen würde. Ich mag solche Gespräche nicht. Ich will den Krieg vergessen. Al-

lerdings kam mir bei diesen Überlegungen zum erstenmal der Gedanke, was wohl mit Nurmi geschähe, wenn es tatsächlich noch einmal Krieg geben würde. Vielleicht zog man ihn im Alter von vierzig Jahren ein, und wenn der Krieg zu Ende ginge, war er schon Dreiunddreißig? Vielleicht war er mit Vierzig Rekrut und mit Dreiunddreißig Major? Totschießen konnten sie ihn nicht, das ist ein Vorteil. Oder nicht?
Schließlich entschied ich mich dafür, meinen Urlaub in Köln zu verbringen.
Es war Ende Juni. Ich schloß die Hütte ab, verabschiedete mich von der Katze, und Bauer Greiff fuhr mich zum Bahnhof. Er hatte jetzt ernsthaft vor, seinen Sohn doch in ein Internat zu schicken.
Das Abteil war zunächst leer. Ich wunderte mich, daß ich mich auf ein Wiedersehen mit Köln freute, denn ich habe an dieser Stadt nie besonders gehangen; ich verstehe ihre Sprache, nicht aber ihr Gefühl. Man meint allerorten, sie sei fröhlich, in Wahrheit ist sie unzufrieden und steht nicht mehr zu ihrem Wort. Sie lebt und läßt auch leben, aber sie läßt nur den leben, der sich fügt; sie verpönt den Außenseiter und verleumdet den Einzelgänger. Sie hat tausend Gesicher und keinen Freund.
In Stuttgart stieg ein Herr zu, der mich, kaum daß er saß, in ein Gespräch verwickeln wollte. Schon nach zwanzig Minuten kannte ich seine gesamte Biographie. Er war Amtmann bei der Stadtverwaltung, wurde in sieben Jahren pensioniert, hatte eine verheiratete Tochter in Amerika, seine Frau war verstorben, er wählte CDU, besaß in Bad Wimpfen eine Eigentumswohnung, die er für monatlich 400 Mark Kaltmiete auf zunächst fünf Jahre an ein kinderloses Ehepaar verpachtet hatte, las regelmäßig »Die Welt«, die einzige Zeitung von Niveau, wie er meinte, der Nationalsozialismus würde von der Geschichte einmal anders bewertet werden, ganz ähnlich wie Napoleon, die jetzige Regierung verschenke gutes, altes deutsches Land ohne Gegenleistung, die Chinesen würden kommen und dann ginge es den Russen an den Kragen, aber das

würden wir wohl nicht mehr erleben, Gott sei Dank nicht, sagte er, zündete sich eine Zigarre an und fragte mich, ob ich auch bis Bonn fahre.
Nach Köln, sagte ich.
Köln, sagte er, so. Sind Sie Kölner?
Nein. Vom See.
Vom See? Ich, sagte er, verbringe seit zwanzig Jahren meinen Urlaub in Nonnenhorn. Kennen Sie Nonnenhorn? Direkt am Bodensee, nicht weit von Wasserburg, zwischen Lindau und Friedrichshafen. Ein kleines Nest, aber reizend, wirklich.
Ich schwieg.
So, sage er, an einem See leben Sie. Sicher romantisch, aber auch einsam. Haben Sie Kinder?
Ich lebe allein am See.
Aber, sagte er, das sei doch nichts. Der Herrgott habe Männlein und Weiblein geschaffen, damit sie sich zusammentäten, sagte er, man müsse das Leben genießen, und das könne man nur zu zweit, und er, seit zwei Jahren Witwer, ginge jetzt auch wieder auf Freiersfüßen, obwohl er schon Achtundfünfzig sei, und ich sollte mir das doch nochmal überlegen.
Ich dachte an die Katze. Dann dachte ich, daß er mich für homosexuell halten könnte, und ich sagte: Ich war verheiratet. Ich bin geschieden.
So ist das. Aha. Ja, wissen Sie, ich bin katholisch, und obwohl sich ja manches gelockert hat in unserer Kirche, sagte er, teils zu Recht, teils aber auch aus allzu großer Nachgiebigkeit gegenüber den modischen Bestrebungen in den eigenen Reihen, nein, sagte er, eine Scheidung wäre für ihn nie in Frage gekommen, denn was der Herr zusammengefügt hat, solle auch zusammengefügt bleiben.
Ich wußte darauf keine Antwort, und ich wollte auch keine geben.
Wissen Sie, sagte er, ich war mit meiner Frau recht glücklich.
Der Schaffner kam, und wir zeigten ihm unsere Fahrkarten.
Also, sagte der Mann, wir haben eine recht gute Ehe geführt.

Bis dann die Telefongeschichte begann.
Ich schwieg.
Hören Sie zu?
Natürlich, sagte ich.
Es interessiert Sie doch?
Ja, sagte ich, natürlich.
Die Telefongeschichte, sagte er. Der Zug hielt, ich sah hinaus. Wir waren in Karlsruhe. Auf dem Bahnsteig stand eine Negerin, sah mich an, blickte aber sofort wieder weg und ging dann auf dem Bahnsteig auf und ab. Ich sah ihr nach.
Wenn es Sie interessiert, sagte der Mann, zündete seine Zigarre noch einmal an, wissen Sie, sagte er, das war so:
Ich war damals, sagte er, im 19. Jahr verheiratet. Eines Abends, kurz vor Mitternacht, klingelte das Telefon. Ich saß in meinem Zimmer, meine Schnapsflasche neben dem Sessel, ich rauchte und trank. Ich konnte mir nicht denken, wer um diese Zeit noch anrief, und ich ließ den Apparat schrillen in der Hoffnung, der Anrufer würde wieder einhängen. Meine Zunge war schon schwer, und vielleicht rief der Oberstadtdirektor an. Ich hätte mich mit ihm unterhalten müssen, und es hätte sein können, daß er meine Trunkenheit bemerkt hätte. Das wollte ich nicht.
Natürlich nicht, sagte ich.
Dann, sagte er, nahm ich den Hörer doch ab.
Eine angenehme männliche Stimme nannte meinen Namen und sagte: »Ich sehe Sie seit einiger Zeit beim Pferderennen. Ich habe Sie beobachtet. Sie gefallen mir. Gehen Sie morgen zum Rennplatz, und setzen Sie im siebenten Rennen auf ›Olivenblüte‹. Das Pferd wird 152 : 10 bringen.«
Dann war die Stimme nicht mehr da. Ich sagte: »Hallo!«, ich sagte nochmals, etwas erregt und etwas zu laut: »Hallo!« Aber die Stimme war nicht mehr da. Ich trank weiter, rauchte und schlief eine halbe Stunde nach Mitternacht in meinem Sessel ein. Ich war fest entschlossen, den unbekannten Anrufer zu vergessen und auf keinen Fall auch nur einen Pfennig auf

»Olivenblüte« zu setzen. Denn ich bin ein klardenkender Mensch, sagte er.
Ich sah ihn an. Er hatte ein rundes Gesicht und viel zu kleine Augen. Er sah an mir vorbei, hinaus in die Landschaft oder auf irgendeinen Punkt, den er fixiert, um nicht abgelenkt zu werden, und ich sagte: Von Pferderennen habe ich gar keine Ahnung.
Der Mann sagte: Am Nachmittag des darauffolgenden Tages – ich saß in meinem Büro und hatte gerade mehrere Briefe diktiert – dachte ich, daß in wenigen Minuten das siebte Rennen gestartet würde. Ich rief meine Wettannahme an und bat den Buchmacher, zwanzig Mark Sieg auf »Olivenblüte« zu setzen. Eine halbe Stunde später erfuhr ich, daß »Olivenblüte« 152:10 gebracht hatte. Ich ging zum Buchmacher, holte mir meinen Gewinn ab und kaufte dann bei meinem Spirituosenhändler eine Flasche Schnaps. Dann ging ich nach Hause. Von dem unbekannten Anrufer sagte ich meiner Frau nichts.
Zwei Tage später, wieder kurz vor Mitternacht, klingelte das Telefon. Ich saß in meinem Zimmer, eine Schnapsflasche neben dem Sessel, ich rauchte und trank. Ich nahm den Hörer ab.
Die Stimme sagte: »Sie haben klug gehandelt. Wie gefiel Ihnen mein Tip? Und nun hören Sie: Wenn Ihr Chauffeur Sie morgen abholt, sagen Sie ihm, er möge schon vorausfahren. Fahren Sie auf keinen Fall mit ihm! Hören Sie auf mich!« – Dann war die Stimme nicht mehr da.
Am anderen Morgen stieg ich, wie gewohnt, in meinen Wagen. Ich hatte mir fest vorgenommen, den unbekannten Anrufer zu vergessen. Als wir jedoch kaum hundert Meter gefahren waren, sagte ich dem Chauffeur: »Fahren Sie bitte voraus. Ich habe noch etwas zu erledigen.« Ich stieg aus und ging zu Fuß ins Büro. Meine Sekretärin berichtete mir, es sei soeben angerufen worden, daß der Chauffeur verunglückt und ins Krankenhaus eingeliefert worden sei.

Der Zug hielt auf freier Strecke, es regnete. Der Mann mir gegenüber blickte vor sich hin, drehte die halb aufgerauchte Zigarre hin und her und erzählte weiter. Er redete mit sich selbst, so, als höre ihm niemand zu, und er wartete auch nicht darauf, daß ich ihn unterbrach oder eine Frage stellte. Wer hat denn nun angerufen. Ich fragte aus Höflichkeit, nicht aus Interesse.
Als er das nächste Mal anrief, sagte er, ich solle mich nach einer neuen Sekretärin umsehen; meine Sekretärin erwarte ein Kind, und noch diese Nacht würde sie sich umbringen. Zwei Tage später wurde ihre Leiche fünf Kilometer nördlich unserer Stadt ans Ufer geschwemmt. Meine Frau weinte.
Der unbekannte Anrufer ließ fast zwei Wochen nichts von sich hören.
Von meinem nächsten Kegelabend kam ich vorzeitig nach Hause. Es war gerade halb zwei nachts. Ich hörte die ruhigen, müden Atemzüge meiner Frau, sie lag in ihrem Zimmer und, wie immer, schlief sie. Ich ging in mein Zimmer, um mich auszuziehen. Als ich zu meiner Frau hinübergehen wollte, klingelte das Telefon. Ich war wütend. Ich nahm den Hörer ab. Die Stimme sagte: »Am kommenden Montag um 10 Uhr 37 wird Ihre Frau aus der Straßenbahn stürzen und tot sein.«
Der Herr aus Stuttgart schwieg. Dann sagte er:
Die Stimme war nicht mehr da. Ich schrie hinter ihr her, aber die Stimme war nicht mehr da. Ich rief die Auskunft an und bat das Fräulein, mir zu sagen, welche Nummer mich soeben angerufen habe. Das Fräulein gab mir die Auskunft, ich müsse mich irren. Niemand habe bei mir angerufen.
Ich setzte mich in meinen Sessel und trank. Ich war aufgeregt. Ich trank hastig und schnell. Ich war betrunken. Natürlich konnte ich nicht schlafen. Ich nahm das leere Schnapsglas zwischen meine Hände, faltete die Hände und sagte: »Lieber Gott, wenn du da bist, hilf mir! Laß die unbekannte Stimme noch einmal, nur einmal noch anrufen, denn ich will nicht, daß meine Frau stirbt. Lieber Gott, ich verspreche dir alles; ich

trinke nicht mehr, ich rauche nicht mehr, ich wette nicht mehr, nur...« Ich nahm dauernd den Hörer ab. Niemand meldete sich.

Am anderen Morgen sagte meine Frau beim Frühstück: »Bist du spät nach Hause gekommen?«

Ich war zu bange, ihr zu antworten. Dann sagte ich: »Nein, ich war schon um eins zu Hause.«

Es war Freitag, und der unbekannte Anrufer hatte gesagt: Montagmorgen wird sie sterben. Ich zweifelte keine Sekunde daran, daß auch diese Voraussage eintreffen würde. Noch drei Tage also. Jetzt strickte sie. Sie war froher als sonst, ich sah sie an.

Sie sagte: »Gehst du nicht hinunter?«

»Wie?« fragte ich. Ich konnte ihr nicht in die Augen sehen.

»Der Chauffeur hat vor zwei Minuten schon geläutet«, sagte sie. »Hast du es überhört?«

»So«, sagte ich. Ich zögerte. »Was strickst du denn da?«

»Einen Pullover.« Sie streichelte die Wolle.

»Du wirst gut darin aussehen«, sagte ich.

Sie sah mich an. Sie küßte mich auf die Stirn. Ich wußte nicht, warum sie auf einmal so zärtlich war. Der Chauffeur läutete noch einmal. Vielleicht ahnte sie, daß es die letzten Tage ihres Lebens waren.

Ich stieg in meinen Wagen und fuhr ins Büro. Ich tat nichts. Ich saß im Sessel hinter meinem Schreibtisch und dachte nach...

Als ich nach Hause kam, war der Abendtisch festlich gedeckt. Meine Frau hatte Wein geholt und auf dem Tisch ein paar Kerzen angezündet.

Auf einmal kam mir ein furchtbarer Gedanke. Vielleicht war auch sie von dem unheimlichen Anrufer benachrichtigt worden?

Während des Abendessens sagte ich: »Gibt es irgend etwas Neues?«

»Nein«, sagte sie.

Sie hatte nie etwas Neues gewußt, aber diesmal glaubte ich ihr nicht.

»Vielleicht war jemand hier?« fragte ich.

»Nein, gewiß nicht«, sagte sie. »Wenn irgend etwas ist, dann sage ich es dir.« Sie trank. »Aber es ist ja nie etwas«, sagte sie. »Vielleicht«, antwortete ich, »hat jemand angerufen?« Ich beobachtete sie genau, aber sie blieb ruhig.

Wir tranken die Flasche Wein leer. Ich dachte nur daran, daß morgen der vorletzte Tag war. Ich dachte noch daran, als ich mitten in der Nacht wach in meinem Bett lag und plötzlich hörte, wie meine Frau die Tür öffnete. Sie kam an mein Bett und küßte mich auf die Stirn.

Am anderen Morgen fragte sie: »Hast du gestern nicht gewettet?« Ich hatte es vergessen. Dann ging ich ins Büro und dachte immer wieder darüber nach, was ich tun könnte. Ich überlegte mir auch, ob ich ihr nicht einfach sagen sollte, daß der unheimliche Anrufer mir ihren Tod angekündigt hatte. Aber ich sagte es ihr nicht. Ich wußte, daß sie darüber lachen würde. Und ich wußte ganz genau, daß sie mir einreden wollte, ich hätte in jenen Nächten zuviel getrunken.

Auch Sonntagnacht lag ich wach. Es war acht Stunden vor ihrem Tod. Sie kam an mein Bett und legte sich neben mich. Das hatte sie seit fünf Jahren nicht mehr getan. Sie küßte mich. Ich dachte an ihren Tod und strich ihr über die Wangen.

Sie sagte: »Nun wird noch alles gut.«

Ich verstand sie nicht. »Glaubst du?« sagte ich.

Plötzlich fiel es mir ein. Ich sagte: »Ich gehe morgen nicht ins Büro. Ich fühle mich krank. Bleib bei mir, bitte.«

Als ich erwachte, war es zehn Minuten vor elf. Ich sprang auf, rannte zur Tür und schrie: »Inge!« Ich schrie wie irrsinnig: »Inge, Inge, Inge...«

Als sie kam, lächelte sie. Ich starrte sie an. Ich ging zum Tisch und sah auf den Wecker. Ich hatte mich nicht geirrt: es war neun Minuten vor elf. Es war vierzehn Minuten später als die Todesminute. Noch immer glaubte ich es nicht. Ich sagte:

»Wie spät ist es?«
Sie lächelte. »Reg dich nicht auf. Du wolltest doch heute hier bleiben. Hast du es vergessen?«
Ich schrie sie an: »Wie spät ist es?«
Sie zuckte zusammen. Dann sagte sie: »Fünf Minuten vor elf.«
Ich hatte mich nicht geirrt. Sie lebte. Der unheimliche Anrufer hatte gelogen. Ich hatte gesiegt.
Nach dem Frühstück sagte ich: »Ich gehe doch noch ins Büro. Ich fühle mich wesentlich besser.« Sie nickte. Als ich kaum eine Stunde im Büro war, hatte ich plötzlich wieder Angst. Ich rief zu Hause an.
Ich sagte: »So, du bist da.« Meine Frau sagte: »Mein Pullover ist bald fertig.«
»So«, sagte ich.
Vom Büro ging ich zur Wettannahme und setzte auf »Olivenblüte«, »Orakel«, »Welle« und »Blumenprinz« je zehn Mark Sieg. Ich gewann nichts. Ich ärgerte mich. Wenn der unbekannte Anrufer noch einmal anrief, würde ich ihn auslachen.
Zu Hause wartete Inge. Sie strickte. Wir aßen und während sie sprach, dachte ich darüber nach, ob ich in jenen Nächten tatsächlich so betrunken gewesen war.
»Du hörst ja gar nicht zu«, sagte sie.
»Natürlich höre ich zu«, sagte ich. Dann ging ich in mein Zimmer und trank. Niemand rief an. Ich riß die Strippe durch. Mochte anrufen, wer wollte; mich konnte er nicht mehr erreichen.
Der unbekannte Anrufer schwieg. Donnerstagabend ging ich zum Kegeln.
Ich trank wie gewöhnlich. Nachher ging ich in meine Bar. Das Barmädchen setzte sich auf meinen Schoß. Dann kam der Portier und sagte, meine Frau wolle mich sprechen. Ich sagte: »Ich bin nicht hier«. Der Portier lächelte, ging, kam aber wieder zurück und sagte, meine Frau ließe sich nicht abweisen.
Ich ging in die Telefonzelle und nahm den Hörer ab. Die

Stimme des unheimlichen Anrufers sagte: »Sie haben Ihre Chance versäumt. Das Spiel ist aus. Gehen Sie nach Hause!«
Als ich in Inges Zimmer kam, lag sie in ihrem Bett; sie war tot.
Der Mann schwieg, und ich sah ihn an. Noch immer hielt er die halb aufgerauchte Zigarre in der Hand, aber die Zigarre brannte nicht mehr. Der Zug fuhr durch Godesberg, der Regen hatte aufgehört. Und wer, fragte ich, war nun der Anrufer?
Der Mann wußte es nicht. Nein, sagte er, ich habe es nie erfahren. Er nahm seinen Koffer, ich half ihm in den Mantel, und als er in Bonn ausstieg, sah ich ihm nach. Er winkte mir zu.
Ich mochte ihn nicht. Und ich mochte seine Geschichte nicht. Er rauchte Zigarren, wählte CDU, war ein Trinker, und für den Tod seiner Frau machte er die Metaphysik verantwortlich.
Ich war froh, wieder allein zu sein.

18

In Köln besuchte ich während der drei Wochen, die ich dort war, die Firma, den Dom, meine Tochter, ein paar Kneipen, Maria im Kapitol, Freunde, das Theater; doch jetzt, wo ich wieder am See bin, kommt mir die ganze Reise überflüssig vor. Natürlich ist das Unsinn. Man kann nur dann ermessen, was einem sein Zuhause wert ist, wenn man erlebt und erfährt, was außer Hause vor sich geht, und erst das Heimweh macht einem klar, welchen Stellenwert die Hütte, die Katze oder der See in einem Leben haben. Übrigens ist die Katze taub geworden und Nurmi seit zwei Tagen am See.
Gleich am zweiten Tag meines Aufenthalts in Köln ging ich zur Firma. Der Pförtner kannte mich noch, gab mir sogar die Hand, doch ich hatte seinen Namen vergessen, und das ärgerte mich.
Im Vorzimmer des Chefs mußte ich warten. Er hatte eine neue Sekretärin, eine junge Frau um die Dreißig; sie trug eine rotbraune Perücke, einen ärmellosen, zu knappen Pullover, und ihr Rock endete zwei Handbreiten über dem Knie. Sie lächelte. Sie roch nach irgendeinem Parfüm, halb aufdringlich, halb unnahbar, eine Mischung zwischen Bargeruch und dem befremdenden Duft, den die Audienzen der Prominenten verbreiten, und als sie mir eine Illustrierte anbot, sah ich, daß sie gedrungene und etwas zu fleischige Hände hatte. Seltsam, Hände lassen sich nicht kaschieren. Man kann die Lippen bemalen oder die Nase operieren, den Busen ausstopfen und die Füße in zu enge Schuhe pressen: Hände muß man lassen, wie sie sind, und lackierte Nägel oder Ringe mit klobigen Brillanten machen eine schöne Hand nicht schöner, wohl aber eine häßliche Hand noch abstoßender. Während ich wartete, sah ich ihr zu. Sie tippte auf der Schreibmaschine, als renne sie hinter den Zeilen her, telefonierte, tippte weiter, holte eine

Akte aus dem Schrank, telefonierte, tippte, brachte die Akte wieder zurück, spannte einen neuen Bogen in ihre Maschine, tippte, telefonierte. Ich wartete. Ich überlegte mir, was die Sekretärin bei all ihrem geschäftigen Tun wohl denken mochte, aber ich kam nicht dahinter. Dann ließ der Chef mich bitten.

Die Unterredung dauerte fast eine Stunde. Sie begann mit Freundlichkeiten, mit Zigaretten und Asbach Uralt, der Chef erkundigte sich auch nach dem See, aber über den See kann man nicht reden. Mit meiner Arbeit, sagte er, sei er nach wie vor zufrieden, und es sähe so aus, als ob das Brückenprojekt von Meersburg nun doch noch realisiert werden solle. Die zunehmende Verschmutzung des Bodensees sei übrigens mehr ein übles Gerücht als eine wirkliche Gefahr; Presse, Rundfunk und Fernsehen würden maßlos übertreiben, und was die Industrie bisher geleistet hätte, sei enorm. Aber, meinte er, dieses Problem sei mir ja sicher besser bekannt als ihm, und ob es mir denn im alten Köln wieder gefiele, wo ich wohnte und wie lange ich bliebe.

Erst kurz vor Schluß des Gesprächs kam er auf mein Problem. Er wolle mir nicht zu nahe treten, sagte er, aber es sei ihm unverständlich, warum ich nicht in die Firma zurückkäme. Mein Büro am See habe er von Anfang an für einen, wenn er das sagen dürfe, spleenigen Einfall gehalten, und meiner Rückkehr stünde natürlich nichts im Wege. Ich wollte versuchen, mein Büro und meine Arbeit zu rechtfertigen, aber als ich das unbewegliche und verschlossene Gesicht des Chefs sah, gab ich auf; ich fragte ihn, was man mit mir vorhätte, wenn ich mich weigerte, in die Firma zurückzukehren.

Diese Frage, antwortete er, sei ja wohl mehr theoretisch gemeint, aber selbstverständlich müßte ich mich entscheiden. Es stünde mir auch am See jederzeit – und das *jederzeit* wolle er noch einmal wiederholen – jederzeit frei, für die Firma zu arbeiten, aber selbstverständlich nicht mehr in einem festen Arbeitsverhältnis. Der Organisationsplan der Firma sei geradezu perfekt, da greife ein Rädchen ins andere, jahrelange Erfahrung stecke dahinter, aber wem sage er das, sagte er, stand auf, sah auf die Uhr, drückte die Taste seiner Sprechanlage, und als die Sekretärin daraufhin hereinkam, reichte er mir die Hand, nett, sagte er, daß Sie bei mir waren, und als ich schon wieder im Aufzug war, den Knopf »Erdgeschoß« drückte, den Fahrstuhl verließ und dem Pförtner zunickte, wußte ich nicht einmal, was nun eigentlich bei dieser Unterredung herausgekommen war. Ich hätte, sagte ich mir, präzise und konkrete Forderungen stellen sollen, aber es kann eben nur der fordern, der formal im Recht ist oder die Firma nicht nötig hat. Die Firma aber gibt mir Geld, und der See läßt mich leben. Vielleicht sind beide unvereinbar.

In Köln hatte ich meine Tochter besucht, und es wundert mich noch immer, wie schnell man sich auseinanderlebt. Wenn wir uns irgendwo auf der Straße getroffen hätten, wären wir aneinander vorbeigegangen, ohne auch nur zu ahnen, daß wir doch, wie die Kirchen meinen, ein Fleisch und ein Blut sind. Aber die Kirchen irren. Jeder hat sein eigenes Blut, seine eigene Haut, und als ich die Wohnung meiner Tochter betrat, fühlte ich mich wie ein Gerichtsvollzieher, der die Couch und das Radio und den Eisschrank taxiert. Sie sah mich an, gab mir einen Kuß, sagte: Tag Vater, gab mir noch einen Kuß und fragte: Willst du Whisky, Gin, Cola?

Ich sah sie an. Plötzlich merkte ich, daß ich sie gar nicht väterlich ansah, daß ich ihren Körper inspizierte, ihren Mund, ihre langen ungekämmten Haare, ihren Busen, ihre Hüften, ihre Beine, alles in allem, dachte ich, hat sie eine tadellose Figur, und während sie mir einen Gin mit Tonicwater mixte, fragte sie: Wie geht's? Mit wem lebst du am See?

Mit wem? Ich sah sie an und wußte keine Antwort.

Sie lachte. Du siehst doch noch gut aus, sagte sie, du mußt doch eine Freundin haben.

Ich war verlegen und schwieg.

Na, denn nicht, sagte sie. Ist ja auch egal. Prost, sagte sie,

setzte sich auf meinen Schoß, trank ihr Whiskyglas leer, küßte mich und sagte: Schön, daß du da bist.
Bist du immer noch bei Ford, fragte ich.
Ja, sagte sie, leider. Ich brauch mal Veränderung.
Aber du bist doch in fester Stellung, sagte ich, dir kann doch nichts passieren.
Sie stand auf, ging an den Spiegel und kämmte sich ihre Haare. Sie stand mit dem Rücken zu mir. Passieren, fragte sie. Das ist es ja eben. Nichts passiert. Ich hocke hier herum, vertrödele meine Jugend, ein Jahr vergeht, ein weiteres, noch eines. Und was habe ich erlebt? Nichts.
Sie sah mich an. Vielleicht kann ich für Ford zwei Jahre nach Südafrika gehen, sagte sie. Meinen Chef habe ich bald so weit. Das wäre doch was, oder?
Ich saß auf der Couch und trank meinen Gin Tonic. Ich dachte zwanzig Jahre zurück. Damals hatte ich sie in den Kindergarten gebracht, aber sie hatte geweint und mich mit tränenverschmiertem Gesicht angefleht, ich solle bei ihr bleiben. Ich trank und sagte: Willst du denn nicht bald heiraten?
Um Gottes willen, sagte sie. Ich will was vom Leben haben.
Was?
Na, sagte sie, meine Freiheit natürlich. Willst du noch einen Gin?
Gern, sagte ich, und sie küßte mich wieder. Plötzlich fiel mir ein, daß die Couch, auf der ich saß, zugleich ihr Bett war. Ich dachte, daß sie hier ihre Freunde empfing, stand auf und stellte mich ans Fenster. Wollen wir jetzt gehen, fragte ich.
Wir wollten zum Friedhof. Ich hatte sie gleich am ersten Tag meines Kölner Aufenthaltes angerufen, gefragt, wann ich sie besuchen könnte und sie gebeten, mit mir zum Grab meiner Mutter zu gehen. In meiner Erinnerung ist dieser Friedhofsbesuch vielleicht noch schrecklicher geworden, als er es wirklich war. Das Grab meiner Mutter war verwildert, die Inschrift unlesbar geworden. Ich fragte meine Tochter, wann sie zuletzt hiergewesen sei, aber sie wußte es nicht mehr. Vielleicht kann

man die Toten gar nicht mehr lieben, vielleicht vermißt man sie nur. Man stellt fest, daß ihre Lebensutensilien unberührt bleiben, daß sie nicht mehr nach Hause kommen und daß der angestammte Küchenstuhl leer bleibt, und wenn dann auch noch der Geruch ihrer Haut, ihrer Kleider, ihres Parfüms von der Zeit verschluckt wird, dann vermißt man auch die Toten nicht mehr, und sie bleiben allenfalls eine zumutbare Erinnerung.

Selbst am See werden die Toten schneller überflüssig, als sie es je im Leben geglaubt haben. Aber unser Friedhof liegt gleich neben der Kirche, mitten im Dorf, man kommt nicht um ihn herum, er liegt immer auf dem Weg, die Kinder spielen dort, und ein verwildertes Grab ist weniger eine Schande als ein Zeichen dafür, daß eine ganze Familie nicht mehr existiert; man gräbt das Grab um und schafft Platz für den nächsten.

Auch von meinen Kölner Freunden war einer gestorben. Er war ein kleiner, schmächtiger Mann gewesen, kaum hundert Pfund schwer und nicht größer als einen Meter sechzig, und er hat sich zu Tode getrunken. In der Weißenburgstraße, gleich neben der Agneskirche, hat er ein Friseurgeschäft gehabt, aber er ließ seine beiden Töchter arbeiten und saß schon um zehn in der Kneipe. Seine Spezialität waren Witze und Streiche, und jetzt, wo er tot ist, hinterläßt er immer noch Witze und Streiche, man muß lachen, wenn man an ihn denkt, zu ihm paßt kein Friedhof, meint man, aber jeder muß sich anpassen, und nach einem Monat oder einem Jahr werden die beiden Töchter froh sein, daß das Geld nicht mehr in die nächste Wirtschaft getragen wird.

Einen Gesamteindruck von Köln habe ich nicht. Die Stadt zerfiel schon immer in einzelne Stadtteile; in Köln-Nippes leben ganz andere Leute als im Severinsviertel, und wer auf der rechten Rheinseite wohnt, wird schon gar nicht mehr als Kölner gewertet. Mir sind von meinem Kölner Aufenthalt lediglich einzelne Situationen in Erinnerung geblieben, ein Gespräch, mein Hotelzimmer, die alte Frau in der Dombank, und wenn ich die drei Wochen mit irgendeiner anderen Zeit am See vergleiche, so hatte ich in Köln vor allem Langeweile. Man ist zwar viel unter Menschen, aber man behält nicht einmal ihre Gesichter; man besucht einen Schulfreund und stellt fest, daß man mit einem wildfremden Mann spricht; man geht zu einer Party, unterhält sich, trinkt, redet von Autos, von Kapitalanlagen, von der letzten Urlaubsreise nach Marokko, und man weiß nicht, warum man das tut; man geht in den Dom und merkt plötzlich, daß man in einem Museum ist; man geht ins Theater, um Hauptmanns »Ratten« zu sehen, und weiß schon nach fünf Minuten, wie anders die Welt geworden ist; man steht abends am Rhein, sieht ein Schiff vorbeifahren, bemerkt das Liebespaar auf der Bank, hört das leise Stöhnen des Mädchens, geniert sich, geht weiter und ist allein; man sitzt in der Kneipe, trinkt sein Bier, und der Mann neben einem sagt: Die Juden sind bald wieder oben auf; man sieht eine umherstreunende Katze und fragt sich, mit wem sie lebt; man liegt im Bett seines Hotelzimmers und wartet darauf, einzuschlafen; man schreibt Postkarten mit herzlichen Grüßen und langweilt sich. Eine Postkarte schrieb ich an meine geschiedene Frau, aber sie hat mir bis jetzt nicht geantwortet.

Ich war gerade drei Tage am See, als der Einschreibebrief kam: die Direktion forderte mich auf, innerhalb von sechs Wochen in die Firma zurückzukehren, andernfalls sähe man sich mit Bedauern gezwungen, meine Kündigung auszusprechen; selbstverständlich stelle man mir anheim, als freier Gutachter auch weiterhin im Dienst der Firma tätig zu sein, die Honorierung entspräche der üblichen Gebührenordnung. Mir fielen die Hände der Chefsekretärin wieder ein und ihre eilige Schreibmaschine. Ich war am See und konnte darüber lächeln.

Am See ist nun Sommer. Mit Nurmi habe ich bisher nur ein paar Worte sprechen können. Ich hatte ihn zwar gleich am zweiten Abend seines Hierseins in meine Hütte eingeladen, aber Bauer Greiff kam hinzu, und wir konnten uns nicht in

Ruhe unterhalten. Am meisten Sorge macht mir im Augenblick auch die Katze.

Nach meiner Rückkehr an den See hatte ich zunächst nichts bemerkt. Sie kam gleich in die Hütte, begrüßte mich, trank ihre Büchsenmilch, und daß sie meine Fragen nicht beantwortete, nahm ich nicht weiter wichtig; sie ist oft gekränkt, und daß ich sie drei Wochen lang allein gelassen hatte, mußte sie geradezu beleidigen. Für sie war meine Reise nach Köln unbegreiflich.

Erst am nächsten Morgen wurde ich stutzig. Sie saß draußen auf der Fensterbank, putzte sich, und ich sah ihr von meinem Sessel aus zu. Ich wollte sie ärgern, nahm meinen Zollstock, klappte ihn auseinander und schlug damit gegen die Fensterscheibe. Sie reagierte nicht. Ich stand auf, ging ans Fenster, klopfte mit der Hand gegen die Scheibe, doch erst als sie mich sah, hob sie ihren Kopf, sah mich an und kam herein. Nun wollte ich es genau wissen. Ich drehte ihr den Rücken zu und sagte: Wie fühlst du dich denn? Sie gab keine Antwort. Ich wartete einen Augenblick und rief: Hallo! Hörst du mich? Sie saß in meinem Sessel und putzte ihre Pfote. Ich kniete mich zu ihr hinunter, nahm ihren Kopf in meine Hände, sah ihr in die Augen und sagte: Du bist doch nicht taub?

Sie sah mich an. Ich hätte es dir schon noch gesagt, sagte sie, ich höre nichts mehr.

Mein Gott, dachte ich, was macht man denn da? Ich war hilflos. Vielleicht, sagte ich, kann ein Arzt helfen, da ist noch nicht alles verloren, das kriegen wir schon hin. Sie sah mich an und sagte, sie wolle noch ein paar Fische fangen.

19

Wir sind wieder umgezogen. Mein Schreibtisch steht wieder unten am See, mitten auf der Wiese, vom See her weht Wind und das Gras duftet feucht. Meine Sekretärin hat ihren Urlaub auf Mallorca verbracht, sie ist braungebrannt und immer noch mehr in Ferienlaune als bei der Sache. Bisher habe ich ihr noch nicht mitgeteilt, daß meine Kölner Firma mir voraussichtlich kündigen wird.
In Rorschach soll eine neue Kläranlage gebaut werden; die Pläne sind fertig: Das Problem, wie man schädliche Chemikalien, und sei es nur bis zu 50 Prozent, beseitigt, ist nach wie vor ungelöst. Der Bodensee hat im Augenblick nur noch 11 Prozent Sauerstoffgehalt mehr als die Kloake des New Yorker Hafens.
Die Abende sind warm und lang. Nurmi kommt fast täglich, wir sitzen draußen vor der Hütte, trinken, rauchen, reden, aber Nurmi redet meistens nur von sich, und seine Monologe bedrücken mich. Gewiß, er hat niemanden, dem er sich anvertrauen will, er wartet ein ganzes Jahr, um mit mir seine Probleme zu diskutieren, aber ich kann ihm nicht helfen, ich kann nichts ändern, ich kann nur zuhören und versuchen, sein umgekehrtes Leben zu begreifen. Das gelingt mir nicht immer, aber ich lasse es mir nicht anmerken. Ihm scheint es zu genügen, daß ihm einer zuhört.
Im vergangenen Februar hatte er ein Mädchen kennengelernt, das er plötzlich liebt. Sie sei, sagte er, erst achtzehn, Sprechstundenhilfe bei einem Zahnarzt in Überlingen, und natürlich wußte sie nicht, daß Nurmi rückwärts lebt. Er hatte sie am Hafen angesprochen, um sich nach einer Straße zu erkundigen, und sie hatte ihn gefragt: Was wollen Sie denn da? Er hatte sie angesehen, sie lachte, und weil er keine rechte Antwort wußte, sagte sie: Wenn Sie nicht wissen, zu wem Sie

da wollen, können Sie ja gleich mich besuchen, ich wohne Nr. 47, 2. Stock. Nurmi war zunächst verblüfft, mehr rat- als sprachlos, doch als er sich gefangen hatte, sagte er: Danke, nein wirklich, ich finde mich auch allein zurecht.
Aber schon am nächsten Abend ging er wieder in die Straße, blieb von dem Haus Nr. 47 stehen und wartete, bis sie kam. Er tat so, als wäre ihre Begegnung purer Zufall, und obwohl sie auf dieses Spiel einging, schien sie ihm nicht zu glauben. Vielleicht, sagte Nurmi, habe ich mich auch zu dumm angestellt.
Wir saßen vor der Hütte, und ich hörte ihm zu. Ich sagte nichts.
Ich wartete jeden Abend auf sie, sagte Nurmi, und eines Abends ging ich mit ihr hinauf. Sie bot mir Saft an und Kekse, sie spielte mir Schallplatten vor, sie wollte mit mir tanzen, sie lachte, und sie hatte schneeweiße Zähne, und als ich ihr sagte, daß ich verheiratet sei, lachte sie und meinte, das sei ihr wirklich egal. Sie ist so jung, sagte Nurmi, so unbegreiflich jung.
Er schwieg. Es wurde langsam dunkel. Die Katze kam, sah mich an, ich stand auf, schloß ihr die Hüttentür auf und schob sie hinein. Dann setzte ich mich wieder neben Nurmi auf die Bank draußen vor der Hütte.
Wenn man nicht weiß, was jung sein ist, sagte er, kann man es sich nicht vorstellen.
Schon am zweiten Abend hatte er mit ihr geschlafen. Er erinnerte sich nicht mehr, wie es dazu gekommen war; sie habe mit ihm getanzt, sagte er, sie habe ihn umarmt und geküßt, sie habe seine Hand genommen und sie auf ihr Knie gelegt, sie habe sich auf seinen Schoß gesetzt, sich die Bluse abgestreift und seinen Kopf an ihre nackte Brust gepreßt, aber, sagte Nurmi, das alles hat sie nur getan, weil sie mich liebt, sie ist ein wunderbares Mädchen, sagte er, ich hatte vom Fleisch der Jugend keine Ahnung und, sagte er, sie ist wirklich schön.
Wenn ältere Männer von jungen Mädchen schwärmen, wirken sie entweder komisch oder abstoßend. Sie haben ihr Le-

ben gelebt, stehen vor dem Herzinfarkt oder einer Leberzirrhose, haben mit zwanzig für Zarah Leander geschwärmt, haben Söhne, Töchter, eine ältliche Frau, und plötzlich meinen sie, sie hätten alles falsch gemacht; falsch gelebt, falsch geliebt, falsch geheiratet, falsch gezeugt, und dann finden sie irgendein Mädchen, das jung ist, nichts als jung, sie wollen noch einmal neu anfangen, aus dem gelebten Leben aussteigen und die Vergangenheit nicht mehr wahrhaben, aber wahr ist eben nur, was man gelebt hat, nichts davon läßt sich ungeschehen machen, gar nichts, am allerwenigsten die gelebten Jahre, und die Nächte mit dem jungen Mund, den jungen Beinen und den jungen Brüsten sind kurzsichtige Nächte, weil sie die eigene alternde Nacktheit verdunkeln und der Mädchenbrust vortäuschen, die zitternde Hand wäre Zärtlichkeit.
Natürlich war das bei Nurmi anders. Bisher hatte er so gut wie nicht gelebt, nur das Altsein war hinter ihm, die Gebrechlichkeiten, die Krankheiten, die Impotenz, er hatte noch nie erfahren, wie jung eine Mädchenhaut sein kann, er wollte seiner Zeit vorausgreifen und sich ein Stück Jugend vorwegnehmen.
Ich fragte ihn: Und was ist mit Ihrer Frau?
Nichts, sagte er. Sie weiß von nichts.
Es ist Betrug, sagte ich.
Er sah mich an. An wem, fragte er. Betrug an wem? An meiner Frau? Ich liebe sie, und irgendwann werde ich sie heiraten. Und nach der Hochzeitsnacht werden wir wieder allein sein, ledig, jung, jeder für sich, und was werden wir tun? Meine Frau wird sich einen Freund suchen, bis sie zu jung geworden ist, um einem Mann noch zu gefallen. Und ich werde mir eine Freundin nehmen, eine zweite Freundin, noch eine, und dann wird es nicht mehr gehen. Ich bin zu jung geworden, um noch lieben zu können; das Geschlecht und sein Trieb haben sich zurückgebildet, die Kindheit ist da. Er hatte vor nichts so sehr Angst wie vor seiner Kindheit. Man müßte zwei Frauen haben, sagte er. Mit fünfzig eine Zwanzigjährige und mit zwanzig eine von dreißig.

Ich schwieg. Ich dachte, daß Männer sich die Welt immer so einrichten, wie sie ihnen in den Kram paßt, und wie ihren Kram, nehmen sie sich auch die Frau.
Ich liebe meine Frau, sagte Nurmi, ich liebe sie wirklich. Aber ich lebe eben rückwärts. Und also, sagte er, ist alles anders: die Zeit, die Liebe, die Freiheit, das Leben.
Es wurde Nacht, der Mond lag auf dem See, wir verabschiedeten uns, aber wir sahen uns natürlich am nächsten Abend wieder, und so saßen wir Abend für Abend vor der Hütte, tranken, rauchten, redeten, aber meistens redete Nurmi nur von sich, und seine Monologe strengten mich an. Ein Gehirn, das nach vorwärts programmiert ist, läßt sich nur mit Gewalt umspulen; denkbar ist in unserer Zeit nahezu alles, aber was sich denken läßt, kann man sich noch lange nicht vorstellen.
Was, fragte ich, soll nun aus dem Mädchen werden?
Er wußte es nicht. Er wußte nur, daß er sie nicht halten konnte. Wenn sie eine alte Frau war, würde er ein Kind sein; seine Zukunft war für sie Vergangenheit; für sie eilte die Zeit voraus, ihm lief sie davon; und man kann nur mit der Zeit leben, nicht gegen sie.
Ein paar Jahre, sagte ich, könnte es immerhin gutgehen.
Nein. Nurmi rieb sich die Augen und schwieg.
Irgendwann später sagte er: Wer lebt, nimmt sich immer etwas vor, und wer liebt, kann sich nur gemeinsam etwas vornehmen. Und mit meiner Frau habe ich eines gemeinsam: die Zukunft. Und die, sagte er, gibt man nicht dran, man ist ihr ausgeliefert.
Einmal, als wir wieder auf der Bank vor der Hütte saßen, kam Bauer Greiffs Sohn, und ich wollte ihn fortschicken. Es ist schon spät, sagte ich, du mußt jetzt zu Bett gehen. Aber er wollte nicht. Nein, sagte er, er müsse überhaupt nicht zu Bett, es sei auch gar nicht spät, und also bleibe er bei uns, setzte sich auf die Bank und sagte, er wolle etwas zu trinken.
Ich ärgerte mich, zerrte ihn von der Bank herunter, packte ihn bei den Ohren und sagte: Ich habe dir gesagt, du sollst jetzt

gehen. Hast du gehört? Wir können dich nicht gebrauchen. Er sah mich wütend an, schlug mit seinen kleinen Fäusten auf mich ein, trat um sich, und noch ehe ich mich wehren konnte, biß er mich in die Hand, ich konnte ihn kaum bändigen, aber dann bekam ich seinen rechten Arm zu fassen, drehte ihn herum und sagte: Nun ist es aber genug. Er biß die Zähne aufeinander und wartete ab. Ich lockerte den Handgriff und sagte: Willst du jetzt folgsam sein?
Er schüttelte den Kopf. Ich drehte ihm den Arm weiter herum, er verzog das Gesicht, und es konnte nur noch Sekunden dauern, bis er weinte.
In diesem Augenblick sprang Nurmi auf und schrie mich an: Nun lassen Sie das doch!
Ich ließ den Jungen los und sah Nurmi an. Ich war fassungslos. Ich verstand überhaupt nicht, warum er mich plötzlich angeschrien hatte, ich wollte etwas sagen, aber es fehlte mir an Worten, und erst eine halbe Stunde später, als Bauer Greiffs Sohn längst im Bett war und Nurmi und ich wieder allein auf der Bank saßen, sagte er: Entschuldigen Sie bitte, es tut mir leid.
Schon gut, sagte ich, das macht doch nichts, das kann jedem passieren.
Aber ich glaubte nicht, was ich sagte. Ich war enttäuscht und verletzt; ich hatte es nicht für möglich gehalten, daß er so heftig reagieren könnte. Er hatte mich von dem Jungen losgerissen, hatte mich angeschrien, und ich fand keine Erklärung, warum er das getan hatte. An diesem Abend saßen wir noch eine Weile auf der Bank, sahen hinaus auf den See und schwiegen. Es hätte keinen Zweck gehabt, den Vorfall zu diskutieren. Man muß warten können, wenn man etwas ins reine bringen will.

20

Aber wie fängt man das an? Ich saß vor der Hütte und wartete auf Nurmi. Seit meinem Streit mit Bauer Greiffs Sohn hatte ich den Jungen nicht mehr gesehen; ich hatte ihn geschlagen und beleidigt, und ich kam nicht mehr von dem Gedanken los, wie ich das wieder in Ordnung bringen könnte. Ich stopfte meine Pfeife, und da ich kein Streichholz mehr hatte, ging ich hinunter zum See, schloß die Schreibtischschublade auf, entnahm ihr ein Paket Streichhölzer und zündete die Pfeife an. Der See war ruhig und leer; nur am anderen Ufer stand ein Fischerboot und bewegte sich nicht. Als ich zur Hütte zurück kam, saß Nurmi auf der Bank und streichelte die Katze.
Ein paar Minuten lang saßen wir nebeneinander auf der Bank und vermieden es, uns anzusehen. Dann sagte er: Jetzt kommt der Sommer doch noch, und ich sagte: Der See hat 19 Grad.
Die Katze sprang von Nurmis Schoß hinunter und verschwand hinter der Hecke. Seit sie taub ist, hat sie ihre Sicherheit verloren; ehe sie einen Schritt vorwärts macht, sieht sie sich vorher dreimal um.
Das mit dem Jungen, sagte ich, tut mir leid. Ich hätte mich nicht so gehen lassen dürfen.
Wir wollen nicht mehr daran denken, antwortete Nurmi, aber es war mir klar, daß er eben doch daran dachte.
Wir tranken einen 69er Trollinger und sahen hinaus auf den See.
Für Sie, sagte Nurmi, ist die Kindheit eine längst vergangene, fast vergessene Erinnerung. Sie erinnern sich vielleicht noch an irgendwelche Schulferien, an das erste Fahrrad oder an die Sandburgen, die Sie am Strand gebaut haben. Was vom Leben als Erinnerung zurückbleibt, ist meistens schön, ich weiß das von mir selber. Als man mich aus dem Sarg holte, habe ich

nichts empfunden, überhaupt nichts, ich wußte nicht einmal, was mit mir geschah, aber wenn ich mich heute zurückerinnere, bilde ich mir ein, ich sei damals erleichtert gewesen. Ich kann nicht sagen, weshalb ich mir das einbilde, es ist so.
Ich hörte ihm zu, ich schwieg.
Bei Ihnen ist das umgekehrt, sagte er. Als Sie noch ein Kind waren, hat man Sie bestimmt geschlagen, und manche Schläge waren hartherzig und willkürlich oder gar nicht so gemeint. Oder Ihre Eltern haben Sie belogen, Ihnen weisgemacht, sie blieben die ganze Nacht im Hause, obschon sie, nachdem Sie gerade eingeschlafen waren, zu einer Party gingen. Sie sind wach geworden und haben geweint. Oder man hat Ihnen Geschichten erzählt von gefährlichen Riesen, von hinterlistigen Zwergen, von bösen Männern, und diese Geschichten hatten keinen anderen Sinn als den, Ihnen Angst zu machen. Und was davon blieb übrig, blieb Erinnerung? Nichts. Sie haben es vergessen. Das passiert doch jedem Kind, sagen Sie heute, eine Tracht Prügel, die nicht angebracht war, ist halb so schlimm, auch das Leben ist nicht gerecht, Kinder müssen das frühzeitig begreifen lernen, sagen Sie, aber ich, sagte Nurmi, ich werde nicht damit fertig.
Wenn man seine Kindheit noch vor sich hat, sieht man die Dinge anders. Man weiß, daß mit unmenschlicher Präzision der Zeitpunkt kommt, wo man kleiner wird, infantiler, wo man sich nicht mehr wehren kann und hilflos ist. Man hat nur noch Befehle und gehorcht. Man darf zwar noch denken, was einem in den Kopf kommt, aber man weiß von vornherein, daß alle Welt gegen einen ist. Die Erwachsenen sind immer im Recht, der kindliche Wille wird als Trotz diffamiert, die eigene Sprache überhört und als kindisch abgetan. Und nur wer sich unterordnet, hat die Chance, glimpflich davon zu kommen.
Deshalb, sagte Nurmi, habe ich mich so aufgeregt, als Sie den Jungen schlugen.
Ja, sagte ich. Ich schenkte uns ein.

Nachher sagte er: Man müßte einen Menschen erfinden, der mit 25 Jahren auf die Welt kommt, 50 Jahre lebt, und in diesen fünfzig Jahren auch nicht eine Sekunde älter wird.
Ich dachte darüber nach. Ich sagte: Dann wäre jeder Mensch gleich jung, gleich stark, gleich gesund und aktiv, der Existenzkampf würde härter. Jeder würde befehlen wollen, keiner gehorchen. Der Mensch käme mit gerade dem Wissen in die Welt, das er zum Leben braucht; Schulen wären überflüssig, Altersheime, Krankenhäuser, Rentenzahlungen fielen weg. Der Mensch lebt nur noch dem Augenblick. Was vor ihm war und was nach ihm kommt, interessiert ihn nicht mehr.
Interessiert es ihn heute, fragte Nurmi.
Es gibt Idealisten, sagte ich.
Ja, sagte er, und es gibt Märtyrer, die für eine bessere Zukunft sterben. Die beste Methode aber, mit dem Leben fertig zu werden, sagte er, ist die, den Augenblick zu nutzen. Und das gelingt nur, wenn man die Vergangenheit und die Zukunft abschafft. Beide hindern uns daran, zu leben. Der Mensch, so wie er jetzt existiert, denkt Tag und Nacht im Konjunktiv: Hätte ich doch, sagt er sich, könnte ich doch, würde ich endlich. Er hinkt entweder hinter seinem Leben her oder eilt ihm voraus. Und also verpaßt er den Augenblick.
Was Sie wollen, sagte ich, ist der pragmatische Mensch.
Man kommt nur über den Pragmatismus zu einem Mindestmaß an Freiheit, sagte er.
Vielleicht, wollte ich erwidern, steckt hinter allem Philosophieren eben doch die Frage nach dem Glauben. Aber ich schwieg. Wer rückwärts lebt, kann mit dem Glauben nichts anfangen.
Und was, fragte ich, geschieht mit dem, der seine fünfzig Jahre abgelebt hat?
Den zieht man aus dem Verkehr. Man schießt ihn ab, man ertränkt ihn, man schickt ihn in den Weltraum, egal. Seine Zeit ist um.
Nicht gerade menschlich, sagte ich.

Er sah mich an und sagte: Aber gerecht.
Bauer Greiff kam und fragte, ob wir seinen Sohn gesehen hätten, er sei von der Schule nicht nach Hause gekommen. Ich lud ihn zu einem Glas Wein ein, aber er wollte nicht. Der Junge, sagte er, bringt mich noch vorzeitig unter die Erde. Er grüßte und ging hinunter zum See. Wir sahen ihm nach und machten uns unsere Gedanken.
Machen wir uns Gedanken? Gedanken produzieren sich selbst, sie kommen, gehen, dringen ein, verschwinden wieder, man muß sie hinnehmen, sie haben Priorität. Es ist sekundär, was wir daraus machen.
Es müßte doch eine Möglichkeit geben, sagte ich zu Nurmi, aus seinem Leben auszubrechen. Man könne doch nicht nur das hinnehmen, was einem das Leben vorschreibt.
Vielleicht war es an diesem Abend oder an einem anderen, aber er sagte: Was läßt sich ändern?
Sie können doch, sagte ich, mit dem Mädchen ein paar Jahre zusammenleben, und damit muß sich Ihre Frau eben abfinden.
Er ließ sich mit der Antwort Zeit. Bauer Greiff kam vom See zurück, er hatte seinen Sohn nicht gefunden. Wenn wir ihn sähen, sollten wir ihn nach Hause schicken.
Er lebe rückwärts, sagte Nurmi, und er könne gar nicht anders, als sein Leben auf die Kindheit hin planen.
Ich plane auch, erwiderte ich.
Ja, sagte er, aber Sie planen Ihr Alter. Sie wissen nicht, wann Sie sterben, Sie hoffen, daß Sie alt werden und gesund bleiben, und Sie glauben an ein gnädiges Ende. Das Altern ist eine fragwürdige Sache; man kann es überstehen oder auch gar nicht erleben. Niemand weiß das, aber jeder hofft, daß gerade er alt wird, gerade er gesund bleibt und unbemerkt stirbt. Mein Wissen, sagte Nurmi, ist konkreter. Es ist schrecklich, ein Kind zu werden.
Ich schwieg.
Er gehe oft auf Spielplätze, sagte Nurmi, setze sich auf eine

Bank und höre den Kindern zu. Kinder spielen Vater und Mutter, Mörder und Gott, Räuber und Priester.
Kinder wissen nicht, was sie tun, sagte ich.
Doch, erwiderte Nurmi. Sie wissen es ganz genau.
Womit Sie im Augenblick nicht fertig werden, sagte ich, ist Ihr Verhältnis zu dem Mädchen aus Überlingen. Ich stopfte meine Pfeife und sah ihn an.
Ja, sagte er.
Das Mädchen, sagte ich, ist jetzt 18, und Sie werden bald 50. In zehn Jahren wird das Mädchen 28 sein, und dann sind Sie noch keine 40. Das ist doch eine Menge Zeit, sagte ich, die muß man nutzen, damit läßt sich doch was anfangen.
Natürlich, sagte er. Natürlich könne man diese Zeit nutzen. Es frage sich nur, wozu. Zum Liebhaben? Zum Beischlaf? Zur zweckmäßigen Arbeitsaufteilung? Auch wer dem Geliebten das Bett macht, sagte Nurmi, kann sich nicht vorstellen, daß er dies auf Zeit tut. Das Leben kennt keine Zeitverträge. Man tut alles, was man tut, im Hinblick auf eine fragwürdige Zukunft, und der zweite Gedanke ist immer: was kommt danach?
Niemand zwingt Sie, Ihre Frau zu heiraten. Sie haben sie vorgefunden, Sie haben sich an sie gewöhnt, Sie wollen sie nicht im Stich lassen. In Ordnung, sagte ich, in Ordnung und anständig. Aber niemand zwingt Sie, sagte ich, ordentlich und anständig zu sein. Auch Sie können das Leben umwerfen, sagte ich, Entscheidungen treffen, anders leben als das sogenannte Leben es vorschreibt.
Es sei spät geworden, sagte er, trank sein Glas leer und stand auf. Was ich für Freiheit halte, sagte er, sei für ihn Vorschrift und Plan, wir könnten ja morgen weiter reden, er sei jetzt müde, doch am nächsten Abend kam er nicht, und als ich ihn später fragte, warum er nicht gekommen sei, redete er sich damit heraus, daß er Fieber gehabt habe und entsetzliche Träume. In Wahrheit hatte er Bauer Greiffs Sohn im Bootshaus getroffen und sich mit ihm bis in die Nacht hinein unter-

halten; Bauer Greiffs Sohn hat es mir am nächsten Morgen selber erzählt. Zwischen ihm und mir ist übrigens alles wieder in Ordnung, falls du mir, sagte er, versprichst, daß du mir nie mehr den Arm herumdrehst.
Nurmi sagte: Es ist eben alles eine Frage der Moral. Man kann mit jeder Frau alt werden; jung werden kann man nur mit einer.
Vielleicht, sagte ich, obwohl ich mir nicht klar war, ob er recht hatte. Und doch, sagte ich, zwingt Sie niemand, Ihre Frau zu heiraten. Sie können frei entscheiden.
Er winkte ab. Das sind doch Formalitäten, sagte er. Nennen Sie es, wie Sie wollen; nennen Sie es Heirat oder Hochzeitsnacht oder legalisierten Beischlaf, das sind doch nur plumpe Umschreibungen für dasselbe Phänomen. Und das Phänomen heißt: man will sich mit einem Menschen zusammentun. Wer vorwärts lebt, will sich mit einem Menschen zusammentun, solange er noch jung ist; wer rückwärts lebt, macht die letzte Erfahrung gerade dann, wenn sich Erfahrungen nicht mehr lohnen. Der Mensch, sagte er, ist so oder so eine Fehlkonstruktion Gottes.
Die Katze kam und sah mich an. Ich gab ihr ihre Büchsenmilch und ließ sie in die Hütte. Ich kann die Fische nicht mehr hören, sagte die Katze, und wenn ich sie sehe, ist es zu spät.
Hast du Hunger, fragte ich.
Sie verstand mich nicht, sah mich an und sagte: Der See ist noch ziemlich kalt.
Ich schloß die Hüttentür zu und setzte mich wieder neben Nurmi auf die Bank. Ich sagte: Wenn der Mensch eine Fehlkonstruktion Gottes ist, dann muß der Mensch die Welt besser machen oder Gott abschaffen.
Sie haben eine Tochter, sagte Nurmi. Würden Sie diese Tochter noch einmal haben wollen?
Ich kann sie mir nicht wegdenken, sagte ich.
Das ist keine Antwort, sagte er. Sie hatten die Freiheit, sie zu zeugen, und nun haben Sie die Verantwortung dafür, daß sie da ist.

Es geht nicht um Verantwortung, sagte ich.
Diskussionen haben den Nachteil, daß sie zwar Standpunkte klären, nicht aber definieren, worauf man eigentlich hinaus will. Sie haben eine taktische Funktion, keine inhaltliche.
Plötzlich sagte Nurmi: Was das Leben mit einem vorhat, diktieren allenfalls die Träume. Nur durch Träume erfährt man, was geplant ist.
Ich wußte nicht, was er mit dieser Behauptung bezweckte, doch ehe ich antworten konnte, sagte er: Ist Ihnen niemals aufgefallen, daß man nur ganz selten von dem träumt, was man erlebt hat? Träume negieren die Vergangenheit. Vielleicht, sagte er, träumen Sie von Ihrem Tod wie ich von meiner Geburt. Auf jeden Fall sind Träume der Zeit entrückt, sie leben nicht mit der Gegenwart, man kann im Moment nichts mit ihnen anfangen, man weiß nicht, wozu sie gut sind und welche Funktionen sie überhaupt haben; sie sind da, und man registriert sie.
Tatsächlich habe ich meinen Tod schon mehrmals vorausgeträumt. Es ist immer der gleiche Traum: Ich liege in meinem Sarg und werde eine große Marmortreppe hinuntergetragen. Doch jedesmal tragen mich die Friedhofsgehilfen mit dem Kopf nach unten die steile Treppe hinab, so daß mir das Blut in den Kopf steigt, und ich sage: Haltet den Sarg doch waagerecht! Aber sie hören mich nicht und machen ein Gesicht, als sei die Ansicht eines Toten nichts mehr wert.
Bei Nurmi war das anders. Seine Vorausträume handelten von seiner Geburt.
Er träumte:
Alles normal, sagte der Arzt.
Nurmis Mutter nickte.
Nurmi weinte. Bald war alles vorbei. Das Leben gelebt, die Liebe gehabt, die Arbeit getan. Ergebnis? Er wog noch sieben Pfund, lag nackt, naß und winzig in seinem Bett, weinte und wartete ab.
Als der Arzt gegangen war, öffnete die Mutter ihre Bluse,

zerrte eine ihrer Brüste heraus und hielt sie Nurmi vor den Mund. Er sah den riesigen Klumpen Fleisch vor sich, prall, weiß, größer als sein Kopf; er sah die dreckigen Drüsenbläschen auf der Brustwarze, die braun und knorpelig, wie ein vertrockneter Aststumpf, vor seinem Mund hing. Die Mutter sagte: Nun komm! Doch er ekelte sich. Die Mutter sagte: Nun komm schon. Sie schob die Riesenbrüste näher an ihn heran. Dicht über seinen Augen hing der braune Knorpel der Brustwarze, schwitzend und schmierig. Nurmi legte den Kopf zur Seite und weinte. Die Mutter ging.
Nurmi hatte Kopfweh. Er schrie, aber die Mutter hörte ihn nicht. Sein Vater kam, weckte ihn auf und lachte ihn an. Er beugte sich über ihn. Nurmi sah in das Gesicht des Vaters. Der Vater freute sich.
Als der Vater gegangen war, lag Nurmi wach und wartete. Er steckte die Finger in den Mund und lutschte sie ab. Zwischendurch schlief er ein.
Endlich kam der Arzt. Er wusch ihn sauber, trug ihn ans Bett seiner Mutter und legte ihn neben sie. Die Mutter war nackt.
Nurmi blieb ruhig. Er schloß die Augen, um nichts zu sehen. Die Mutter keuchte, stöhnte, schrie auf, und der Arzt sagte: Nur Ruhe.
Die Schwester hob Nurmi auf, preßte ihm die Füße zusammen und schob sie in den Mutterleib hinein. Der Leib war feucht und klebrig. Nurmi sah das Gesicht seiner Mutter. Sie hatte den Kopf zur Seite gelegt, biß die Zähne aufeinander; die Haare klebten am Kopf, sie war nackt, sie wälzte den Kopf hin und her, sie sagte: Nein, nein, aber die Schwester preßte Nurmi immer weiter hinein, er strampelte mit den Beinen und schob sich vor in das feuchte Dunkel des Mutterleibes. Er sah die Schoßhaare der Mutter vor sich, überall Schweiß. Die Schwester hatte seinen Kopf mit beiden Händen gepackt und preßte ihn nach unten.
Die Schwester gab ihm einen Stoß. Nurmi sah sich um, es war dunkel.

Träume, sagte Nurmi, stand auf, gab mir die Hand, sagte: Nun ist es aber spät geworden, und als er gegangen war, blieb ich noch ein paar Minuten vor der Hütte stehen, sah hinauf in den Himmel, suchte den See, der nicht mehr zu erkennen war, und als ich in die Hütte kam, lag die Katze auf meinem Bett und schlief. Ich überlegte, ob ich sie wecken sollte.

21

Die Katze ist tot.
Ich erfuhr es viel zu spät.
Bauer Greiffs Sohn kam und sagte: Nun weiß man auch, wie der liebe Gott aussieht.
Wieso, fragte ich.
Die Astronauten, die zum Mond gefahren sind, haben ihn gesehen.
Wenn sie ihn gesehen haben, sagte ich, warum haben sie denn keine Aufnahmen von ihm gemacht?
Das haben sie ja, aber sie haben ihre Aufnahmen nur dem Präsidenten gezeigt.
Und warum nur ihm, fragte ich.
Weil es doch Geheimsache ist, sagte er, setzte sich, und ich gab ihm sein Sprudelwasser. Heute morgen, sagte er, war ich unten am See. Deine Katze war auch da. Sie saß auf dem Steg neben dem Bootshaus und fing Fische. Plötzlich fiel sie ins Wasser und kam nicht wieder hoch. Sie ist nämlich ertrunken, sagte er.
Ich lief hinunter zum See. Erst Minuten später wurde mir klar, daß ich überhaupt nichts mehr tun konnte. Ich setzte mich auf den Bootssteg und sah ins Wasser. Dicht unter der Oberfläche schwammen die Fische; sie bissen die Algen ab, die an den Holzpfählen hingen. Das Wasser ist an dieser Stelle immerhin schon zweieinhalb bis drei Meter tief.
Du kannst eine neue haben, sagte Bauer Greiffs Sohn, ich besorge dir eine.
Nurmi meinte, wenn sie wirklich ertrunken sei, würde sie nach ein paar Tagen angeschwemmt werden. Der See gäbe sie zurück.
Vor acht Jahren ist im See ein junger Mann ertrunken. Er hatte drei Monate lang im Wasser gelegen und war erst Ende

September gefunden worden. Ich hatte damals noch mein Ferienzimmer im Hause des Lehrers, und wir brachten den Leichnam zunächst in den Keller. Der Tote war etwa dreißig Jahre alt und die Seebewohner kannten ihn; er hatte schon einmal seine Ferien am See verbracht, aber das erstemal war er mit einem jungen Mädchen dagewesen. Als er ertrank, fiel das zunächst nicht auf; man nahm an, er habe eine Bergtour gemacht oder sei in die Stadt gefahren.

Der Tote hatte ein zufriedenes Gesicht. Als wir ihn in den Keller gelegt hatten, ging der Lehrer hinauf, um die Polizei zu benachrichtigen. Ich sah den Toten an und sagte: War es nun ein Unglück oder Selbstmord?

Er hatte den Tod freiwillig gesucht. Wenn ich ihn richtig verstand, war er nur deshalb an den See gekommen, um zu sterben. Er hatte sich achtzig Schlaftabletten besorgt, die er immer bei sich trug. Am Morgen seines Todes war er noch an den See gegangen, hatte Steine gesucht und sich bräunen lassen. Gegen Mittag war er nach Moosbach gefahren, um zu essen, und die Kellnerin entsann sich genau, daß er ihr fünf Mark Trinkgeld gegeben hatte. Sie haben sich wohl verrechnet, hatte die Kellnerin gesagt, aber nein, hatte er geantwortet, das stimme so. Am Nachmittag schluckte er die achtzig Schlaftabletten, schwamm hinaus auf den See, legte sich auf den Rücken und wartete ab. Er war nach fünfzehn Minuten tot.

Und warum, fragte ich.

Ich weiß nicht mehr, ob ich mich mit dem Toten oder mit mir selber unterhielt, aber er sagte: Man bringt nicht nur sich um; Selbstmord ist immer der intellektuelle Mord an einer anderen Person. – War es Liebe?

Liebe ist alles. Selbst der Haß, sagte er, setzt die Liebe voraus. Man kann nur leben, wenn man irgend etwas liebt. Man kann alles lieben, aber man kriegt von dem, was man liebt, nie genug. Man fängt die Liebe an, will immer mehr, und schließlich will man mehr als die Liebe gibt.

Ich sah ihn an.
Die Liebe ist ein summarischer Begriff, sagte er. Sie ist Lust oder Eifersucht oder Wohlwollen oder Genuß oder Mitleid oder Selbstsucht. Wer mit der Liebe umgeht, muß sich entscheiden, ob er lieben oder geliebt werden will.
Man muß eben versuchen, sagte ich, beides zu verbinden.
Er war tot, aber ich bildete mir ein, sein zufriedenes Gesicht versuche zu lächeln. Liebe, sagte er, läßt sich nicht kombinieren, sie ist ausweglos. Entweder liebt man oder man wird geliebt; das eine sei Aktion, das andere Passion. Wer liebt, geht daran zugrunde, nicht geliebt zu werden; und wer geliebt wird, leidet ein Leben lang daran, nicht selber lieben zu können.
Der Freitod ist kein Ausweg, sagte ich.
Solange man noch fähig sei, sagte er, Überlegungen darüber anzustellen, wie viele Auswege es gebe und welcher einem genehm oder gangbar erscheine, könne man sich mit einem Selbstmörder nicht auseinandersetzen.
Vielleicht, sagte ich, war es das Mädchen nicht wert.
Das, sagte der Tote, sei die schlimmste Konsequenz. Ich bin, sagte er, tot, funktionslos, unter der Erde. *Aber natürlich bin ich trotzdem da.*
Man wird Sie vergessen, sagte ich. Und wer lebt, kann gar nicht anders, als immer wieder versuchen, die Toten zu vergessen.
Der Lehrer kam und sagte: Die Polizei hat alles veranlaßt, der Leichnam wird noch heute abgeholt. Da hat man sein Leben, sagte der Lehrer, das Leben ist ohnehin kurz genug, und da wirft es so einer auch noch weg.
Ich sah den Toten an, sein Gesicht war zufrieden.
Ob auch die Katze freiwillig gestorben war? Vielleicht hatte die Taubheit sie hoffnungslos gemacht. Aber Katzen, sagt man, bringen sich nicht selber um; ihr Instinkt, sagt man, bewahre sie davor. Ich bin da mißtrauisch. Wenn der Tod eine Funktion hat, darf er nicht instinktiv handeln.

22

Mein Arbeitsverhältnis endet am 1. Oktober. Meine Sekretärin geht zu einer Baufirma nach Meran, sie lernt jetzt italienisch. Bauer Greiffs Sohn soll in ein Internat nach Ottobeuren, doch er weiß noch nichts davon.

Die Katze ist tot, aber ich zögere es hinaus, den Astor-Büchsendeckel wegzuwerfen. Die Katze liegt im See, und der See hat sie noch nicht zurückgegeben. Ich weiß, daß die Katze tot ist, aber ich weigere mich, daran zu glauben. Für mich ist sie vorläufig nur vermißt.

Ich bin ziemlich ratlos. Einerseits weigere ich mich, nach Köln zurückzukehren; die Gesetze der Firma würden mich fertigmachen. Andererseits habe ich Angst vor der eigenen Courage; ich weiß nicht, ob ich es auf die Dauer am See aushalte.[1]

Zwei Projekte meiner Kölner Firma, vor allem das in Rorschach, kann ich als freier Mitarbeiter auch weiterhin begutachten. Meine finanzielle Situation ist somit vorerst geklärt. Darüber hinaus hat mich die Volkshochschule in Kempten aufgefordert, im Wintersemester Vorlesungen zu halten. Der vorläufige Arbeitstitel lautet: »Industrielle Möglichkeiten zur aktiven Bekämpfung der Umweltverschmutzung«.

Das werde ich zunächst einmal annehmen.

---

[1] *SEE-LEBEN II* erscheint, wenn sich die Verhältnisse geändert haben.

suhrkamp taschenbücher materialien

Herbert Achternbusch. Herausgegeben von Jörg Drews. stm. st 2015

Apokalypse. Weltuntergangsvisionen in der Literatur des 20. Jahrhunderts. Herausgegeben von Gunter E. Grimm, Werner Faulstich und Peter Kuon. stm. st 2067

Baudelaires ›Blumen des Bösen‹. Herausgegeben von Hartmut Engelhardt und Dieter Mettler. stm. st 2070

Samuel Beckett. Herausgegeben von Hartmut Engelhardt. stm. st 2044

Thomas Bernhard. Werkgeschichte. Herausgegeben von Jens Dittmar. stm. st 2002

Arbeitsbuch Thomas Brasch. Herausgegeben von Margarete Häßel und Richard Weber. stm. st 2076

Brasilianische Literatur. Herausgegeben von Michi Strausfeld. stm. st 2024

Brechts ›Antigone‹. Herausgegeben von Werner Hecht. stm. st 2075

Brechts ›Aufstieg und Fall der Stadt Mahagonny‹. Herausgegeben von Fritz Hennenberg. Mit Abbildungen. stm. st 2081

Brechts ›Dreigroschenoper‹. Herausgegeben von Werner Hecht. stm. st 2056

Brechts ›Gewehre der Frau Carrar‹. Herausgegeben von Klaus Bohnen. stm. st 2017

Brechts ›Guter Mensch von Sezuan‹. Herausgegeben von Jan Knopf. stm. st 2021

Brechts ›Heilige Johanna der Schlachthöfe‹. Herausgegeben von Jan Knopf. stm. st 2049

Brechts ›Herr Puntila und sein Knecht Matti‹. Herausgegeben von Hans Peter Neureuter. stm. st 2064

Brechts ›Kaukasischer Kreidekreis‹. Herausgegeben von Werner Hecht. stm. st 2054

Brechts ›Leben des Galilei‹. Herausgegeben von Werner Hecht. stm. st 2001

Brechts ›Mann ist Mann‹. Herausgegeben von Carl Wege. stm. st 2023

Brechts ›Mutter Courage und ihre Kinder‹. Herausgegeben von Klaus-Detlef Müller. stm. st 2016

Brechts Romane. Herausgegeben von Wolfgang Jeske. stm. st 2042

Brechts ›Tage der Commune‹. Herausgegeben von Wolf Siegert. stm. st 2031

Brechts Theaterarbeit. Seine Inszenierung des ›Kaukasischen Kreidekreises‹ 1954. Herausgegeben von Werner Hecht. stm. st 2062

Brechts Theorie des Theaters. Herausgegeben von Werner Hecht. stm. st 2074

Hermann Broch. Herausgegeben von Paul Michael Lützeler. stm. st 2065

suhrkamp taschenbücher materialien

Brochs theoretisches Werk. Herausgegeben von Paul Michael Lützeler und Michael Kessler. stm. st 2090

Brochs ›Tod des Vergil‹. Herausgegeben von Paul Michael Lützeler. stm. st 2095

Brochs ›Verzauberung‹. Herausgegeben von Paul Michael Lützeler. stm. st 2039

Paul Celan. Herausgegeben von Werner Hamacher und Winfried Menninghaus. stm. st 2083

Die deutsche Kalendergeschichte. Ein Arbeitsbuch von Jan Knopf. stm. st 2030

Deutsche Lyrik nach 1945. Herausgegeben von Dieter Breuer. stm. st 2088

Diskurstheorien und Literaturwissenschaft. Herausgegeben von Jürgen Fohrmann und Harro Müller. stm. st 2091

Dramatik der DDR. Herausgegeben von Ulrich Profitlich. stm. st 2072

Marguerite Duras. Herausgegeben von Ilma Rakusa. stm. st 2096

Hans Magnus Enzensberger. Herausgegeben von Reinhold Grimm. stm. st 2040

Max Frisch. Herausgegeben von Walter Schmitz. stm. st 2059

Frischs ›Andorra‹. Herausgegeben von Walter Schmitz und Ernst Wendt. stm. st 2053

Frischs ›Don Juan oder die Liebe zur Geometrie‹. Herausgegeben von Walter Schmitz. stm. st 2046

Frischs ›Homo faber‹. Herausgegeben von Walter Schmitz. stm. st 2028

Geschichte als Schauspiel. Deutsche Geschichtsdramen. Interpretationen. Herausgegeben von Walter Hinck. stm. st 2006

Peter Handke. Herausgegeben von Raimund Fellinger. stm. st 2004

Wolfgang Hildesheimer. Herausgegeben von Volker Jehle. stm. st 2103

Friedrich Hölderlin. Studien von Wolfgang Binder. Herausgegeben von Elisabeth Binder und Klaus Weimar. stm. st 2082

Ludwig Hohl. Herausgegeben von Johannes Beringer. stm. st 2007

Ödön von Horváth. Herausgegeben von Traugott Krischke. stm. st 2005

Horváth-Chronik. Von Traugott Krischke. stm. st 2089

Horváths Stücke. Herausgegeben von Traugott Krischke. stm. st 2092

Horváths Prosa. Herausgegeben von Traugott Krischke. stm. st 2094

Horváths ›Geschichten aus dem Wiener Wald‹. Herausgegeben von Traugott Krischke. stm. st 2019

Horváths ›Jugend ohne Gott‹. Herausgegeben von Traugott Krischke. stm. st 2027

Horváths ›Lehrerin von Regensburg. Der Fall Elly Maldaque‹. Dargestellt und dokumentiert von Jürgen Schröder. stm. st 2014

suhrkamp taschenbücher materialien

Peter Huchel. Herausgegeben von Axel Vieregg. stm. st 2048

Johnsons ›Jahrestage‹. Herausgegeben von Michael Bengel. stm. st 2057

Uwe Johnson. Herausgegeben von Rainer Gerlach und Matthias Richter. stm. st 2061

Joyces ›Dubliner‹. Herausgegeben von Klaus Reichert, Fritz Senn und Dieter E. Zimmer. stm. st 2052

Juden in der deutschen Literatur. Ein deutsch-israelisches Symposion. Herausgegeben von Stéphane Moses und Albrecht Schöne. stm. st 2063

Der junge Kafka. Herausgegeben von Gerhard Kurz. stm. st 2035

Kafka. Der Schaffensprozeß. Von Hartmut Binder. stm. st 2026

Kaiser, Gerhard: Geschichte der deutschen Lyrik von Goethe bis zur Gegenwart. 3 Bde. stm. st 2087

Marie Luise Kaschnitz. Herausgegeben von Uwe Schweikert. stm. st 2047

Alexander Kluge. Herausgegeben von Thomas Böhm-Christl. stm. st 2033

Wolfgang Koeppen. Herausgegeben von Eckart Oehlenschläger. stm. st 2079

Franz Xaver Kroetz. Herausgegeben von Otto Riewoldt. stm. st 2034

Landschaft. Herausgegeben von Manfred Smuda. stm. st 2069

Lateinamerikanische Literatur. Herausgegeben von Michi Strausfeld. stm. st 2041

Einladung, Hermann Lenz zu lesen. Herausgegeben von Rainer Moritz. stm. st 2099

Literarische Klassik. Herausgegeben von Hans-Joachim Simm. stm. st 2084

Literarische Utopie-Entwürfe. Herausgegeben von Hiltrud Gnüg. stm. st 2012

Literaturverfilmungen. Herausgegeben von Volker Roloff und Franz-Josef Albersmeier. stm. st 2093

Karl May. Herausgegeben von Helmut Schmiedt. stm. st 2025

Karl Mays ›Winnetou‹. Herausgegeben von Dieter Sudhoff und Hartmut Vollmer. stm. st 2102

Friederike Mayröcker. Herausgegeben von Siegfried J. Schmidt. stm. st 2043

E. Y. Meyer. Herausgegeben von Beatrice von Matt. stm. st 2022

Moderne chinesische Literatur. Herausgegeben von Wolfgang Kubin. stm. st 2045

Adolf Muschg. Herausgegeben von Manfred Dierks. stm. st 2086

Paul Nizon. Herausgegeben von Martin Kilchmann. stm. st 2058

suhrkamp taschenbücher materialien

Die Parabel. Parabolische Formen in der deutschen Dichtung des 20. Jahrhunderts. Herausgegeben von Theo Elm und Hans H. Hiebel. stm. st 2060

Plenzdorfs ›Neue Leiden des jungen W.‹ Herausgegeben von Peter J. Brenner. stm. st 2013

Der Reisebericht. Die Entwicklung einer literarischen Gattung. Herausgegeben von Peter J. Brenner. stm. st 2097

Rilkes ›Duineser Elegien‹. Band 1: Selbstzeugnisse. Herausgegeben von Ulrich Fülleborn und Manfred Engel. stm. st 2009

Rilkes ›Duineser Elegien‹. Band 2: Forschungsgeschichte. Herausgegeben von Ulrich Fülleborn und Manfred Engel. stm. st 2010

Rilkes ›Duineser Elegien‹. Band 3: Rezeptionsgeschichte. Herausgegeben von Ulrich Fülleborn und Manfred Engel. stm. st 2011

Rilkes ›Duineser Elegien‹. Drei Bände in Kassette. Herausgegeben von Ulrich Fülleborn und Manfred Engel. stm. st 2009-2011

Die Strindberg-Fehde. Herausgegeben von Klaus von See. stm. st 2008

Karin Struck. Herausgegeben von Hans Adler und Hans Joachim Schrimpf. stm. st 2038

Sturz der Götter. Vaterbilder in Literatur, Medien und Kultur des 20. Jahrhunderts. Herausgegeben von Werner Faulstich und Gunter E. Grimm. stm. st 2098

Superman. Eine Comic- Serie und ihr Ethos. Von Thomas Hausmanninger. stm. st 2100

Über das Klassische. Herausgegeben von Rudolf Bockholdt. stm. st 2077

Martin Walser. Herausgegeben von Klaus Siblewski. stm. st 2003

Robert Walser. Herausgegeben von Klaus-Michael Hinz. stm. st 2104

Ernst Weiß. Herausgegeben von Peter Engel. stm. st 2020

Peter Weiss. Herausgegeben von Rainer Gerlach. stm. st 2036

Peter Weiss' ›Die Ästhetik des Widerstands‹. Herausgegeben von Alexander Stephan. stm. st 2032

Deutsche Literatur
in den suhrkamp taschenbüchern:
Essays, Reden, Briefe, Tagebücher

Ruth Andreas-Friedrich: Der Schattenmann. Tagebuchaufzeichnungen 1938-1945. Mit einem Nachwort von Jörg Drews. st 1267
– Schauplatz Berlin. Tagebuchaufzeichnungen 1945-1948. st 1294
Hannah Arendt: Die verborgene Tradition. Acht Essays. st 303
Hugo Ball: Der Künstler und die Zeitkrankheit. Ausgewählte Schriften. Herausgegeben und mit einem Nachwort versehen von Hans Burkhard Schlichting. st 1522
Emmy Ball-Hennings: Briefe an Hermann Hesse. Herausgegeben und eingeleitet von Annemarie Schütt-Hennings. st 1142
Walter Benjamin: Angelus Novus. Ausgewählte Schriften 2. st 1512
– Deutsche Menschen. Eine Folge von Briefen. Auswahl und Einleitungen von Walter Benjamin. Mit einem Nachwort von Theodor W. Adorno. st 970
– Illuminationen. Ausgewählte Schriften. Ausgewählt von Siegfried Unseld. st 345
– Über Haschisch. Novellistisches. Berichte. Materialien. Herausgegeben von Tillman Rexroth. Einleitung von Hermann Schweppenhäuser. st 21
Walter Benjamin/Gershom Scholem: Briefwechsel 1933-1940. Herausgegeben von Gershom Scholem. st 1211
Franz Böni: Die Fronfastenkinder. Aufsätze 1966-1985. Mit einem Nachwort von Ulrich Horn. st 1219
Bertolt Brecht: Schriften zur Politik und Gesellschaft 1919-1956. st 199
Hermann Broch: Briefe 1 (1913-1938). Dokumente und Kommentare zu Leben und Werk. st 710
– Briefe 2 (1938-1945). Dokumente und Kommentare zu Leben und Werk. st 711
– Briefe 3 (1945-1951). Dokumente und Kommentare zu Leben und Werk. st 712
– Massenwahntheorie. Beiträge zu einer Psychologie der Politik. st 502
– Philosophische Schriften. 2 Bde. st 375
– Politische Schriften. st 445
– Schriften zur Literatur 1. Kritik. st 246
– Schriften zur Literatur 2. Theorie. st 247
Hermann Broch/Volkmar von Zühlsdorff von Briefe über Deutschland. Die Korrespondenz mit Volkmar von Zühlsdorff. Herausgegeben und eingeleitet von Paul Michael Lützeler. st 1369
Hans Magnus Enzensberger: Politik und Verbrechen. Neun Beiträge. st 442
– Politische Brosamen. st 1132

Deutsche Literatur
in den suhrkamp taschenbüchern:
Essays, Reden, Briefe, Tagebücher

Herbert W. Franke: Leonardo 2000. Kunst im Zeitalter des Computers. st 1351

Max Frisch: Forderungen des Tages. Porträts, Skizzen, Reden 1943-1982. Herausgegeben von Walter Schmitz. st 957
- Tagebuch. 1946-1949. st 1148
- Tagebuch 1966-1971. st 256

Mein Goethe. Günter Kunert, Siegfried Lenz, Peter Rühmkorf, Wolfdietrich Schnurre, Martin Walser, Gabriele Wohmann. st 781

Peter Handke: Als das Wünschen noch geholfen hat. Fotos von Peter Handke. st 208
- Das Ende des Flanierens. st 679
- Ich bin ein Bewohner des Elfenbeinturms. st 56

Dieter Hasselblatt: Marija und das Tier. Science-fiction-Texte. PhB 209. st 1511

Hermann Hesse: Ausgewählte Briefe. Erweiterte Ausgabe. Zusammengestellt von Hermann Hesse und Ninon Hesse. st 211
- Briefe an Freunde. Rundbriefe 1946-1962. Zusammengestellt von Volker Michels. st 380
- Eine Literaturgeschichte in Rezensionen und Aufsätzen. Herausgegeben von Volker Michels. st 252
- Politik des Gewissens. Die politischen Schriften. 1. Band: 1914-1932. 2. Band: 1933-1962. Vorwort von Robert Jungk. Herausgegeben von Volker Michels. st 656
- Die Welt der Bücher. Betrachtungen und Aufsätze zur Literatur. Zusammengestellt von Volker Michels. st 415

Wolfgang Hildesheimer: Das Ende der Fiktionen. Reden aus fünfundzwanzig Jahren. st 1539

Uwe Johnson: Berliner Sachen. Aufsätze. st 249

Marie Luise Kaschnitz: Zwischen Immer und Nie. Gestalten und Themen der Dichtung. st 425

Wolfgang Koeppen: Die elenden Skribenten. Aufsätze. Herausgegeben von Marcel Reich-Ranicki. st 1008

Siegfried Kracauer: Das Ornament der Masse. Essays. Mit einem Nachwort von Karsten Witte. st 371

Karl Kraus: Die chinesische Mauer. Herausgegeben von Christian Wagenknecht. st 1312
- Dritte Walpurgisnacht. Herausgegeben von Christian Wagenknecht. st 1322
- Literatur und Lüge. st 1313

Deutsche Literatur
in den suhrkamp taschenbüchern:
Essays, Reden, Briefe, Tagebücher

Karl Kraus: Magie der Sprache. Ein Lesebuch. Herausgegeben und mit einem Nachwort von Heinrich Fischer. st 204
– Sittlichkeit und Kriminalität. Herausgegeben von Christian Wagenknecht. st 1311
– Die Sprache. st 1317
– Untergang der Welt durch schwarze Magie. Herausgegeben von Christian Wagenknecht. st 1314
– Weltgericht I. Herausgegeben von Christian Wagenknecht. st 1315
– Weltgericht II. Herausgegeben von Christian Wagenknecht. st 1316
Karl Krolow: Ein Gedicht entsteht. Selbstdeutungen, Interpretationen, Aufsätze. st 95
Dieter Kühn: Auf der Zeitachse. Biographische Skizzen, kritische Konzepte. st 1619
Oskar Loerke: Tagebücher 1903-1939. Herausgegeben von Hermann Kasack. st 1242
Alexander Mitscherlich: Toleranz – Überprüfung eines Begriffs. Ermittlungen. st 213
Adolf Muschg: Empörung durch Landschaften. Vernünftige Drohreden. st 1482
– Goethe als Emigrant. Auf der Suche nach dem Grünen bei einem alten Dichter. st 1287
Ernst Penzoldt: Die Kunst, das Leben zu lieben und andere Betrachtungen. Ausgewählt von Volker Michels mit einem Nachwort von Peter Suhrkamp. st 267
Reinhold Schneider: Dem lebendigen Geist. st 1419
– Schwert und Friede. Essays. Auswahl und Nachwort des Bandes von Rita Meile. st 1421
Michael Schwarze: Weihnachten ohne Fernsehen. Kulturpolitische Essays, Glossen, Portraits. Herausgegeben von Volker Hage. Mit einem Nachruf von Joachim Fest. st 1143
Martin Walser: Heilige Brocken. Aufsätze, Prosa, Gedichte. st 1528
– Liebeserklärungen. st 1259
Robert Walser: Briefe. Herausgegeben von Jörg Schäfer unter Mitarbeit von Robert Mächler. st 488
Ernst Weiß: Die Kunst des Erzählens. Essays, Aufsätze, Schriften zur Literatur. Zusammengestellt von Volker Michels. st 799